UM HOMEM SÓ

CHRISTOPHER ISHERWOOD

Um homem só

Tradução
Débora Landsberg

COMPANHIA DAS LETRAS

Grafia atualizada segundo o Acordo Ortográfico da Língua Portuguesa de 1990, que entrou em vigor no Brasil em 2009.

Título original
A Single Man

Capa
Celso Longo

Preparação
Alexandre Boide

Revisão
Valquíria Della Pozza
Marise Leal

Dados Internacionais de Catalogação na Publicação (CIP)
(Câmara Brasileira do Livro, SP, Brasil)

Isherwood, Christopher, 1904-1986
Um homem só / Christopher Isherwood ; tradução Débora Landsberg — 1ª ed. — São Paulo : Companhia das Letras, 2021.

Título original: A Single Man
ISBN 978-65-5921-293-4

1. Ficção inglesa I. Título.

21-66742 CDD-823

Índice para catálogo sistemático:
1. Ficção : Literatura inglesa 823

Cibele Maria Dias – Bibliotecária – CRB-8/9427

[2021]

EDITORA SCHWARCZ S.A.
Rua Bandeira Paulista, 702, cj. 32
04532-002 — São Paulo — SP
Telefone: (11) 3707-3500
www.companhiadasletras.com.br
www.blogdacompanhia.com.br
facebook.com/companhiadasletras
instagram.com/companhiadasletras
twitter.com/cialetras

Para Gore Vidal

Prefácio

Re-visitando Christopher*

João Silvério Trevisan

Foi graças ao musical *Cabaret* (1972), de Bob Fosse, que ouvi falar de Christopher Isherwood pela primeira vez. O filme inspirava-se em sua coletânea *Adeus a Berlim* (1939), escrita a partir das experiências do escritor na cidade onde morou imediatamente antes da ascensão do nazismo. No período da ditadura militar brasileira em que vivíamos, era um refrigério ver e rever esse musical. Eu me deliciava com as coreografias e canções, mas também com o atrevimento em tratar temas espinhosos através de personagens pouco convencionais, como a acidez inesquecível de Sally Bowles de Liza Minnelli e a bissexualidade (ainda que postiça) do protagonista. A partir de 1973, meu exílio em Berkeley (Califórnia) me permitiu experimentar, com as devidas diferenças, a vivência estrangeira de Isherwood. Naquele epicentro da contracultura americana, para mim tudo era novo. Claro que, além da consciência política que se respirava no

* Os leitores que ainda não conhecem o livro devem levar em conta que detalhes do enredo serão revelados neste prefácio. (N. E.)

ar, encontrava-se sexo farto por toda parte. Apenas quatro anos antes acontecera a revolta de Stonewall, de modo que se sentia um extraordinário entusiasmo dessa população que estava descobrindo, para além do arco-íris, o *seu* país. Recém-saído do armário e longe do clima sufocante da ditadura brasileira, frequentei um grupo de *gay consciousness raising*, atividade muito comum no período, que acolhia homossexuais e debatia suas questões (curiosamente, a reunião acontecia nas dependências de uma igreja). Entre as inumeráveis novidades, fui descobrindo ícones da comunidade LGBT, que formavam nossas referências culturais basilares e ofereciam subsídios para nossa autoimagem. Entre eles, esse tal Christopher Isherwood, autor inglês naturalizado americano, que vivia no sul da Califórnia.

Na minha roda de amigos, circulava um jornal mensal de San Francisco que adorávamos ler e discutir: o *Gay Sunshine*. Seu editor Winston Leyland, inglês também radicado nos Estados Unidos, vez em quando dava destaque ao conterrâneo Isherwood. Fazia sentido. Já envolvido em políticas de direitos LGBT, Isherwood manifestava uma consciência ousada e franca sobre sua maneira homossexual de amar, que ele abordava abertamente em livros, artigos, programas de TV e palestras. Além de ter tido no passado relacionamentos duradouros com outros homens, naquele momento ele vivia em Santa Monica, perto de Los Angeles, numa longa relação amorosa com o pintor Don Bachardy, trinta anos mais jovem. No jornal *Gay Sunshine* li uma entrevista com ele, em 1973, que revelava seu modo tranquilo mas peculiar de compreender o amor. Sua abordagem realista sobre relacionamentos amorosos me instigou: "No amor, tem que haver a necessidade de se preocupar o tempo todo. O amor não é uma apólice de seguro. Amor é tensão. O que eu valorizo num relacionamento amoroso é a contínua tensão, no sentido de nunca se iludir que a gente vai entender a outra pessoa". Eu, um homossexual incorrigivelmente romântico e ainda pouco experiente, nunca tinha lido nada igual. A naturalidade inspiradora com que ele se referia ao amor, em suas mais variadas formas, parecia resultar de um senso de equilíbrio proporcionado pelo contato com a filosofia hinduísta do vedanta. Desde os anos 1940, por influência de seu amigo Gerald Heard, Isherwood passara a seguir os princípios do vedanta e seu guru Swami Prabhavananda. Estudou os vedas durante muitos anos, tendo publicado inúmeros artigos e escrito vários livros a respeito, além de cotraduzir para o inglês o clássico *Bhagavad Gita*. Tudo isso me abriu o apetite para sua obra e seu modo de ver o mundo. Enquanto centro de excelência universitária, Berkeley sediava alguns sebos de grande qualidade e preços camaradas. Neles encontrei boa parte dos romances de Isherwood, que a partir daí se tornou um dos pontos de inflexão na minha compreensão literária.

Nascido no norte da Inglaterra, em 1904, Christopher Isherwood foi deixado num internato aos oito anos, fato comum em famílias inglesas abastadas. Sua mãe, filha de um próspero comerciante de vinhos, na linhagem materna descendia dos Greene, cervejeiros e donos de uma importante cadeia de bares, restaurantes e hotéis — o que tornava Christopher primo do renomado romancista Graham Greene. Por volta dos onze anos, ele perdeu o pai na Primeira Guerra Mundial. Tanto o prematuro afastamento da família quanto a ausência paterna desenvolveram no garoto uma surpreendente capacidade de fazer amigos de várias áreas e tipos. Na Universidade de Cambridge, onde cursava história, Christopher se enturmou com colegas que contestavam os valores da sociedade inglesa, e se tornou amigo do futuro escritor surrealista (depois, comunista) Edward Upward, com quem passou a criar paródias obscenas e sarcásticas de vários personagens da classe alta no seu entorno. Por essas posturas críticas, Christopher acabou sendo dispensado de Cambridge.

Em seguida, iniciou e desistiu da faculdade de medicina. Desde essa época, tinha escolhido dedicar-se à literatura. Com Upward, participou de um grupo de jovens escritores, integrado também por Stephen Spender e Wystan Hugh Auden. Sua mais duradoura e sólida amizade foi sem dúvida com Auden, parceiro de viagens que resultaram em livros e peças teatrais a quatro mãos. Nesse caso particular, o que os aproximava era a homossexualidade assumida de ambos e o enfrentamento do moralismo vigente na Inglaterra das décadas de 1920 e 1930. Tal descompasso favoreceu sua fuga para outras culturas. É verdade que o ato de se rebelar contra seu entorno não era privilégio dos jovens ingleses. Por se sentirem oprimidos pelo moralismo vigente, muitos outros criadores e artistas do período anterior à Segunda Guerra desertaram de seus países, economicamente mais desenvolvidos, para outros mais pobres. A necessidade de romper padrões sexuais os levava a buscar refúgio em sociedades menos dominadas pela hipocrisia "civilizatória" dos "cidadãos de bem" colonizadores. Christopher Isherwood recorreu a uma solução mais próxima e duradora, para se abrir ao mundo e descobrir a si mesmo. Em 1929, aos vinte e cinco anos e já tendo publicado seu primeiro romance, sem muito êxito, decidiu morar em Berlim.

Desde o final da Primeira Grande Guerra, o subsequente desastre financeiro da Alemanha propiciou, por vias transversas, que a capital alemã se tornasse a metrópole de vida social mais agitada na Europa, um caldeirão revolucionário nas artes e costumes, onde fervilhavam desde a vanguarda da arte expressionista e o experimentalismo da Bauhaus até o atrevimento do Instituto de Estudos Sexuais do dr. Magnus Hirschfeld e o ineditismo dos primeiros grupos de direitos homossexuais, na esteira da intensa vida gay local. A escolha feita por Christopher também se deveu a uma questão prática: seu grande amigo (e amante ocasional) W.H. Auden já morava na cidade. Curiosamente, Auden logo deixou Berlim, ao passo que Christopher lá permaneceu por quatro anos, até 1933. Depois disso, incansável *globe trotter*, ele viajou pelos Estados Unidos e, a partir de 1939, instalou-se na Califórnia até sua morte, em 1986.

Christopher Isherwood publicou mais de vinte obras, entre romances, autobiografias e livros de viagem — sem contar aquelas que escreveu em parceria com amigos. Seus diários, em três volumes, foram publicados postumamente. Uma das características básicas de Isherwood como ficcionista é o diálogo com sua biografia. Já seu primeiro romance, *All the Conspirators* (1928), partia dos embates do adolescente Christopher com sua mãe e as expectativas da sua família. Tal circunstância se desdobrou, muito mais tarde, no romance *Down There on a Visit* (1962), em que o autor retomou a história do fracasso da sua primeira obra. Também escreveu romances a partir de sua experiência no cinema, como em *Prater Violet* (1945). Sua última obra ficcional, *A Meeting by the River* (1967), poderia parecer uma exceção ao narrar as escolhas de vida diametralmente opostas e a sutil rivalidade entre dois irmãos — personagens distantes da sua história pessoal. O mais novo está prestes a se consagrar monge na Índia, enquanto o irmão mais velho vive em conflito por ser casado com uma mulher e manter um caso com outro homem. A engenhosidade ficcional de Isherwood utilizou o cruzamento de cartas entre diferentes personagens para equacionar sua experiência com o vedanta e as tramas da sua homossexualidade. Resultou, assim, num dos seus romances mais delicados e pungentes, em que se aproximam, em estado de mútua perplexidade, as exigências da vida interior e a legitimidade da experiência carnal. Uma obra à parte é também *The World in the Evening* (1954), narrado em primeira pessoa mas bordejando, uma vez mais, a estrutura epistolar. Curiosamente, em seu ensaio "Notas sobre o *camp*" (1964), Susan Sontag encontrou nesse romance as primeiras referências escritas sobre o bizarro e ambíguo conceito de *camp* — um típico recurso da comunidade LGBT que enriqueceu as especificidades da cultura anglo-americana. Lembro como, em Berkeley, a ideia de *camp/campy* emergia frequentemente nas nossas conversas, sobretudo em relação às *drag queens* e ao estilo então chamado *gender fucker* — ter apresentação e comportamento fora dos parâmetros de gênero, muito antes do que hoje é conhecido como "não binaridade".

Na obra de Isherwood, costuma-se dar ênfase ao seu livro *Adeus a Berlim*, por ter gerado o estrondoso sucesso do musical hollywoodiano *Cabaret* (1972), que ajudou a divulgar mundialmente sua literatura. O filme resultou de uma longa gênese, adaptado de um musical de sucesso na Broadway, que se inspirava no filme *I Am a Camera* (1955), versão cinematográfica da peça teatral homônima de John van Druten (encenada em 1951), por sua vez adaptada do romance de Isherwood, publicado pela primeira vez em 1939. Na contramão do seu sucesso, o filme *Cabaret* foi acusado de glamorizar a situação política da Alemanha nazista e de distorcer os fatos, sobretudo ao inventar uma relação hétero entre o protagonista Christopher e sua amiga Sally. Numa entrevista, o próprio Isherwood reprovou esse tratamento e considerou "um tanto suja" a transformação do protagonista em amante de Sally Bowles, já que na obra original o personagem gostava dela "como uma irmã", ao mesmo tempo que Sally sabia de sua homossexualidade e a respeitava — tal como acontecera na vida real entre ele e sua amiga Jean Ross, que inspirou a personagem Sally (cujo sobrenome Isherwood tomou do escritor americano Paul Bowles, que conhecera muito jovem). No belíssimo romance autobiográfico *Christopher and His Kind*, escrito anos depois, Isherwood confirma que tinha ido a Berlim sobretudo por seu interesse nos rapazes — para dar vazão à sua homossexualidade, longe do clima moralista e irrespirável da Inglaterra.

Tornado cidadão americano desde 1946, Christopher Isherwood era reconhecido em todo o país e tinha amigos entre gente famosa de vários quadrantes, de Truman Capote e Tennessee Williams (que o presenteou com um raro autorretrato pintado) até Erika e Klaus Mann (conhecidos nas rodas de refugiados alemães da Califórnia, que a família de Thomas Mann frequentava). Em 1964, Isherwood publicou *Um homem só*, cujo protagonista é explicitamente homossexual, insolente e autodefinido como um "velho safado" — em suas próprias palavras: "o que eu sei é o que eu sou".

Se Christopher Isherwood gozava de grande prestígio, também se deve admitir que poucos artistas e escritores do período se atreviam a uma tal exposição, arriscando-se a colher os frutos de sua ousadia; basta pensar no processo por obscenidade que Allen Ginsberg sofrera, menos de dez anos antes, com a publicação do livro de poemas *Uivo*. De fato, *Um homem só* causou impacto com sua franqueza ao abordar a história de amor entre dois homens sem nenhum traço de romantismo ou comiseração. Tudo isso num momento em que a sociedade americana continuava tratando LGBTs como párias sociais e criminosos. É preciso lembrar que, mesmo após a revolta de Stonewall, o clima repressivo contra a comunidade LGBT continuava pesado. Na maioria dos estados americanos ainda vigoravam leis do período colonial que podiam punir com prisão ou multa a prática da sodomia, até quando consensual e privada. Eram recorrentes as rondas policiais para reprimir pontos de encontro LGBT e prender "depravados". Professores e professoras LGBTs podiam ser sumariamente demitidos do seu trabalho ao se comprovar sua "sexualidade desviante". Pastores evangélicos e políticos de direita insuflaram uma onda contra direitos LGBT, que logo depois resultou na famosa campanha "Salvem nossas crianças", encabeçada pela cantora Anita Bryant, com manifestações e lobby anti-

-gay em todo o país, clamando publicamente que homossexuais não passavam de "lixo humano".

Há duas vertentes, em nível pessoal e social, que podem dar pistas sobre a decisão de Isherwood de escrever um romance tão desafiante para a época. Ao narrar um momento de crise na vida do seu protagonista George, Isherwood parece fazer um acerto com sua própria história. Trata-se de um velho professor de literatura rabugento, solitário e depressivo — mas ao mesmo tempo hilariante, graças à sua ironia implacável — que luta para tornar seu cotidiano menos insuportável. Tudo se passa num único dia de contido desespero, amargura e depressão que afloram em sarcasmo. Nessa viagem, somos confrontados com o mal-estar existencial de um gay idoso que perdeu o interesse pela vida desde que seu companheiro, Jim, morreu num acidente de carro, um ano antes. Isherwood não viveu um episódio tão trágico, mas na época sofria um longo período de separação do seu companheiro, Don Bachardy, após a ruptura do relacionamento (pouco depois retomado e mantido até sua morte, em 1986).

Ao mesmo tempo, através desse inusitado protagonista homossexual, Isherwood dialoga com seu tempo e cultura. A maneira franca e resoluta com que aborda a homossexualidade funciona como uma lente para olhar o mundo a partir de um ponto de vista privilegiado: a sexualidade marginalizada que George habita.

Através do seu olhar, Isherwood aborda temas clássicos e contemporâneos: amor, sexo, solidão, morte, religiosidade, revolta, esperança, liberdade sexual. Na verdade, importam menos os fatos encadeados e mais a narrativa interior, como se uma câmera focasse a mente do protagonista e vertesse seu olhar em palavras. George perambula da sua casa para a universidade, vai fazer academia, passa no mercado e visita uma amiga, antes de voltar para casa, à noite. Apesar de tartamudear incessantemente para dentro de si, George também conversa com as pessoas e vergasta o mundo ao seu redor, com energia e desfaçatez, culpando-o indiretamente pela morte trágica do seu amado e, portanto, por sua solidão. Seus sentimentos se exprimem entre frinchas de ambiguidade. Detesta o mundo, mas luta para continuar vivo. Despreza sua turma de estudantes, mas sente-se útil ao lhes falar de arte. Odeia o moralismo do seu entorno, mas é capaz de gestos afetuosos até com os vizinhos conservadores. Tomou mescalina quando jovem, mas não se entusiasma com as inúmeras drogas disponíveis no campus. Tem traços de misoginia explícita, mas uma mulher é sua melhor amiga. Com esses ingredientes, Isherwood enfrentou um grande desafio. Se George tende a ser um misantropo, suas oscilações psicológicas o fragilizam e o tornam um ser próximo de nós, quase adorável por sua perspicácia ranzinza.

Não se pode esquecer um elemento importante: a estilística de Isherwood. Na abertura do episódio "Um diário de Berlim, outono de 1930", que integra o autobiográfico *Adeus a Berlim*, o protagonista Christopher (alter ego do autor) registrou: "Sou uma câmera com o obturador aberto, que registra em modo passivo, sem pensar". Essa frase — espécie de provocação literária, que acabou por se tornar emblemática de uma época — também fornece uma súmula programática para a obra de Isherwood. A partir do encantamento exercido nos anos 1930 pela novidade do cinematógrafo, a metáfora do olhar mediado pela câmera propunha uma nova forma de captar literariamente o real: o autor se colocava detrás do espelho, como se espiasse a realidade de um ângulo peculiar, por isso revelador. De fato, ao filtrar a linguagem escrita através do processo imagético, a literatura de Isherwood permite certa maneira enviesada de observar o mundo, os personagens e os fatos. Seu realismo rigoroso — poderíamos dizer clássico — ganha um viés transgressivo e recurvo, no sentido de percorrer veredas que evitam uma linha reta até o foco observado. Familiarizado com o *camp*, Isherwood provavelmente testava a ambiguidade implícita nesse conceito, para agregar elementos de um possível estilo *campy*. O resultado provoca um efeito de distorções funcionais que revelam outro lado da realidade, com evidente ganho na estrutura narrativa e na expressividade poética. O recurso imagético transposto à escritura literária também facilita a inserção de um narrador que, mesmo em terceira pessoa, introduz um tom de ironia quase subversiva. Assim, remetendo aos clássicos ingleses como Sterne e Swift, a voz narrativa torna-se personagem com opiniões próprias de pendor mordaz — e, de novo, mergulha-se no *camp*.

Penúltimo romance de Christopher Isherwood, *Um homem só* tem sido avaliado pela crítica como sua obra-prima. Aliás, em mais de uma ocasião, o próprio Isherwood afirmou que o considerava seu melhor romance, por ter sido "a única vez em que consegui a precisão para dizer exatamente o que pretendia". Certamente, também é a obra que mais bem expressa seu realismo peculiar. Se nela se evidencia o perfeccionismo de uma estilística reticente aos modismos literários, Isherwood também promove uma modernização disruptiva do realismo, tornado quase insidioso. Além de utilizar inteligentemente a temática homossexual como um instrumento para subverter os próprios padrões literários, o talento de Isherwood consiste em virar do avesso as situações mais banais e transfigurá-las.

Veja-se, na cena em que George faz exercício numa academia, a maneira como o narrador vai desdobrando detalhes sem importância e lhes dá novos significados. Aquela atividade torna-se reveladora de como os corpos, mesmo a contragosto, são democráticos quando expostos uns aos outros, como espelhos mútuos, a ponto de descobrirem que ali "ninguém é horrível demais ou lindo demais para não ser aceito como um igual". Há que se destacar a perspicácia de Isherwood ao elaborar a psicologia dos personagens, inclusive secundários, com detalhes quase insignificantes trazidos ao primeiro plano. Assim é o caso de Charlotte (ou Charley), a amiga de George, aquela que cria felicidade em seu entorno mesmo quando está infeliz; e isso sem mérito algum, apenas por sua inépcia em perceber a infelicidade sua e dos demais. Na estilística *campy* de Isherwood, a ironia implica um recurso à parte. Capaz de brandir inesperadamente acidez e sarcasmo, seu narrador pode elevar situações corriqueiras a um grau de humor insuspeito.

E, no entanto, nada impede a eclosão de momentos enternecedores, como George rememorando o passado no velho bar devasso, agora em decadência, à beira da praia. Ou seu embate erótico com um aluno, como derradeira tentativa de manter vivo o amor. Ou a consciência da morte, que já teria começado ao conhecer o marinheiro Jim, seu grande amor, no mesmo bar devasso, muitos anos antes. A força expressiva adquire tons de pós-modernidade quando o ceticismo invade a própria narrativa. Assim ocorre com o desenlace, passadas as vinte e quatro horas percorridas pelo romance. Mesmo após leituras e releituras, eu me surpreendo, de maneira sempre renovada, com a audácia desse que é um dos finais mais inusitados da literatura ficcional que conheço. Seu componente de puro engenho literário corrói a estrutura realista quando o narrador atropela os fatos e invade a vida do protagonista, para impor uma guinada dramática e provocar um surpreendente desenlace. Difícil de esquecer, por seu raro encantamento, essa última surpresa que evidencia o talento de Christopher Isherwood em transfigurar aquilo que pareceria banal e daí extrair a mais legítima poesia.

Por seus significados subjacentes, é inevitável uma última observação sobre a adaptação cinematográfica de *Direito de amar* (2009), de Tom Ford, cujo enfoque estetizante mal esconde certa pretensão de "melhorar" o romance original. O insosso título brasileiro teve, inadvertidamente, o dom de revelar o estilo publicitário que adocicou a obra literária e, com isso, limou toda a contundência da abordagem pretendida por Isherwood. Não só a imagética exibicionista de Tom Ford mas também sua versão rasa da psicologia do protagonista despiram o romance de toda inquietação. Tanto a rabugice que compõe a complexidade do George original como sua insípida aparência da meia-idade — veja-se a despretensão dos seus trajes e da sua casa — revestiram-se de glamour na figura sedutora do intérprete Colin Firth, com suas roupas de grife e seu desespero tornado ainda mais postiço ao desfilar em seu carrão bacana. Tudo parece saído diretamente dos desfiles da alta moda, numa irrealidade que não exclui nem a beleza estereotipada do jovem parceiro morto num acidente. Considerando o hiato de quase cinquenta anos entre as duas versões e o reflexo de duas épocas distantes, pode-se aproximar duas diferentes compreensões da sexualidade desviante, que era claramente *homossexualidade* nos meados do século XX e se tornou esse cada vez mais abstrato LGBTQ+ do século XXI. A sinceridade contundente do livro de 1964 denuncia o modismo oportunista da adaptação cinematográfica de 2009. Ao produzir um embelezamento corretivo, para se alinhar à correção dos novos tempos, o filme acabou emblematizando certo narcisismo endêmico da contemporaneidade.

Resgatar o romance de Christopher Isherwood permite encontrar um elo perdido na compreensão de que nossa liberdade acaba quando se torna postiça.

Acordar começa com dizer *estou* e *agora*. Então o que acorda fica um tempo deitado olhando para o teto e para si até se reconhecer como *eu*, e daí inferir *eu estou, eu estou agora*. *Aqui* vem em seguida, e pelo menos é negativamente reconfortante; pois *aqui*, esta manhã, é onde esperava se encontrar; chama-se *casa*.

Mas *agora* não é simplesmente agora. *Agora* também é um lembrete cru: um dia inteiro depois de ontem, um ano inteiro depois do ano passado. Todo *agora* é etiquetado com sua data, tornando todos os *agoras* passados obsoletos, até que — mais cedo ou mais tarde — talvez — não, não talvez — com bastante certeza, chegue.

O medo repuxa o nervo vago. Uma contração enjoada do que o aguarda, em algum lugar lá fora, bem à frente.

Mas enquanto isso o córtex, esse disciplinador implacável, já tomou seu lugar nos controles centrais e os testa, um atrás do outro; as pernas se alongam, a lombar se arqueia, os dedos se entrelaçam e relaxam. E agora, por meio de todo o sistema de intercomunicação, é emitida a primeira ordem geral do dia: LEVANTE-SE.

Obediente, o corpo se ergue para fora da cama — estremecendo por conta das pontadas nos polegares artríticos e no joelho esquerdo, ligeiramente nauseado pelo piloro em situação de espasmo — e cambaleia até o banheiro, onde a bexiga é esvaziada, e se pesa: ainda acima dos sessenta e oito quilos, apesar de tanto esforço na academia! Depois vai até o espelho.

O que vê é menos um rosto do que uma expressão de aflição. Aqui está o que fez consigo mesmo, aqui está a confusão em que de alguma forma conseguiu se meter, ao longo de seus cinquenta e oito anos — expressos em termos de um olhar baço e atormentado, um nariz engrossado, a boca abatida nos cantos em uma careta como se estivesse corrompida pela acidez de suas próprias toxinas, as bochechas que pendem de sua ancoragem muscular, o pescoço flácido com pequenos vincos enrugados. O olhar atormentado é de nadador ou corredor desesperado de tanto cansaço, porém parar está fora de questão. A criatura que observamos vai seguir em frente, lutando até cair. Não por ser heroico. Não imagina outra alternativa.

Sem tirar os olhos do espelho, vê muitos rostos dentro do rosto — o rosto da criança, do garoto, do homem jovem, do homem não-tão-jovem — todos ainda presentes, conservados como fósseis em camadas sobrepostas e, assim como fósseis, mortos. A mensagem deles a essa criatura viva agonizante é: olhe para nós — nós morremos — temer o quê?

Responde a eles: mas isso aconteceu de forma tão gradual, tão tranquila. *Temo que me apressem.*

Os olhos fixos no espelho. Os lábios entreabertos. Começa a respirar pela boca. Até o córtex mandar com impaciência que se lave, que se barbeie, que penteie o cabelo. Sua nudez precisa ser coberta. Tem de ser vestida com roupas porque vai sair, vai para o mundo das outras pessoas; e essas outras têm de ser capazes de identificá-lo. Seu comportamento deve ser aceitável para elas.

Obediente, se lava, se barbeia, penteia o cabelo, pois aceita suas responsabilidades para com os outros. Fica até contente por ter espaço entre eles. Sabe quais são as expectativas dos outros.

Sabe o próprio nome. Chama-se George.

Uma vez vestido, torna-se *ele*; torna-se quase George — mas não o George completo que exigem ou estão preparados para reconhecer. Aqueles que telefonam a essa hora da manhã ficariam perplexos, talvez até assustados, se percebessem o que é essa coisa três-quartos-humana com a qual estão falando. Mas, é claro, jamais percebem — a imitação que essa coisa faz da voz do George deles é quase perfeita. Ela engana até Charlotte. Só duas ou três vezes ela percebeu alguma coisa esquisita e perguntou: "Geo... você está *bem*?".

Ele vai até a sala da frente, a que chama de escritório, e desce a escada. Os degraus fazem uma curva; são estreitos e íngremes. Dá para tocar os dois corrimões com os cotovelos e é preciso abaixar a cabeça — mesmo se, como George, a pessoa tiver apenas um metro e setenta e seis. É uma casinha bem planejada. Em geral ele se sente protegido por seu tamanho reduzido; mal existe espaço para sentir solidão.

No entanto...

Pense em duas pessoas vivendo juntas dia após dia, ano após ano, nesse espaçozinho, os cotovelos se encostando ao cozinharem no mesmo fogãozinho, uma se espremendo ao cruzar com a outra na escada estreita, se barbeando diante do mesmo espelhinho do banheiro, trombando o tempo todo, se empurrando, topando uma com o corpo da outra por engano ou de propósito, de forma sensual, agressiva, desajeitada, impaciente, com raiva ou com amor — pense nas marcas profundas mas invisíveis que devem deixar, em todos os cantos, atrás delas! A soleira da porta da cozinha é estreita demais. Duas pessoas apressadas, com pratos de comida nas mãos, tendem a sempre colidir nessa passagem. E é aqui, quase todas as manhãs, que George, depois de descer a escada, tem essa sensação de de repente se encontrar em uma borda abrupta, brutalmente interrompida, irregular — como se o caminho tivesse desaparecido num deslizamento. É aqui que ele estanca e se dá conta, com uma estranheza aflitiva, quase como se fosse pela primeira vez: Jim morreu. Morreu.

Ele fica imóvel, em silêncio, ou no máximo emite um grunhido animalesco e curto, enquanto espera o espasmo passar. Então entra na cozinha. Esses espasmos matinais são muito dolorosos para ser tratados com sentimentalismo. Depois deles, sente alívio, apenas. É como superar uma câimbra forte.

Hoje há mais formigas, serpenteando em fila pelo chão, subindo até a pia e ameaçando o armário onde ele guarda as geleias e o mel. Obstinadamente, ele as destrói com uma bomba de inseticida e tem um súbito vislumbre de si mesmo fazendo isso: uma coisa velha e teimosa, malévola, impondo sua vontade a esses insetos exemplares e admiráveis. A vida destruindo a vida diante de uma plateia de objetos — potes e panelas, facas e garfos, latas e garrafas — que não fazem parte do reino da evolução. Por quê? Por quê? É um inimigo cósmico, um arquitirano que tenta nos cegar à sua própria existência ao nos jogar contra nossos aliados naturais, as outras vítimas de sua tirania? Mas, infelizmente, quando George pensa tudo isso, as formigas já estão mortas e foram recolhidas por um pano molhado e enxaguadas ralo de pia abaixo.

Ele prepara um prato de ovos poché com bacon, torrada e café, e senta para comer à mesa da cozinha. E enquanto isso, rodando sem parar em sua cabeça, surge o versinho que a babá lhe ensinou quando era um menino na Inglaterra, tantos anos atrás:

Torrada com ovo poché é muito gostoso...

(Ele ainda a vê com bastante nitidez, o cabelo grisalho e os olhos brilhantes de rato, um corpinho rechonchudo trazendo a bandeja do café da manhã, ofegante por ter subido todas aquelas escadas. Ela sempre se queixava da inclinação e as chamava de "as montanhas de madeira" — uma das expressões mágicas de sua infância.)

Torrada com ovo poché é um manjar,
Quem come uma quer um par!

Ah, o conforto dolorosamente incerto desses versinhos prazerosos! O patrãozinho George curtia seus ovos; a babá o observava e sorria, certificando-se de que estava tudo em ordem no adorável e condenado mundinho deles!

O café da manhã com Jim era um dos melhores momentos do dia. Era então, enquanto tomavam a segunda e a terceira xícaras de café, que tinham as melhores conversas. Falavam de tudo que lhes vinha à cabeça — inclusive da morte, é claro, e se existia vida depois dela, e, nesse caso, o que exatamente sobrevivia. Discutiam até as vantagens e desvantagens relativas de morrer de repente ou de saber que se está prestes a morrer. Mas agora George não consegue nem por decreto lembrar das opiniões de Jim sobre o assunto. É difícil levar tais questões a sério. Parecem tão acadêmicas.

Suponhamos por um momento que os mortos de fato revisitassem os vivos. Que algo a que poderíamos chamar Jim tivesse como voltar para ver como George está se saindo. Seria de algum modo reconfortante? Será que valeria a pena? Não seria, na melhor das hipóteses, como a visita breve de um observador de outro país, com permissão para espiar por um instante, a partir do vasto mundo exterior de sua liberdade, e ver, à distância, pelo vidro, essa figura sentada sozinha à mesa de um cômodo apertado, comendo seu ovo poché com docilidade e apatia, um prisioneiro pelo resto da vida?

A sala de estar, escura e de pé-direito baixo, tem estantes que cobrem toda a parede oposta às janelas. Os livros não tornaram George mais nobre ou melhor nem mais genuinamente sábio. Ele apenas gosta de escutar suas vozes, de um ou de outro, segundo seu estado de espírito. Faz mau uso dos livros sem nenhuma piedade, a despeito do modo respeitoso com que precisa falar deles em público: para conciliar o sono, para esquecer os ponteiros do relógio, para relaxar o repuxão do espasmo pilórico, para tirá-lo da melancolia com suas intrigas, para desencadear os reflexos condicionados do cólon.

Pega um deles agora, e Ruskin lhe diz:

> [...] vocês gostavam de espingardas de ar comprimido quando eram meninos, e rifles e canhões Armstrong são a mesma coisa, só que em versões melhoradas; mas o pior de tudo, o que para vocês, meninos, era brincadeira, não era para os pardais; e o que é brincadeira para vocês agora tampouco o é para os passarinhos da nação; e quanto às águias negras, vocês ficam um tanto acanhados em disparar contra elas, se não estou enganado.

Velho e intolerável Ruskin, sempre com toda a razão, e louco, e tão irritado, com suas suíças, repreendendo os ingleses — hoje ele é a companhia perfeita para cinco minutos na privada. George sente a evacuação intestinal chegar com uma urgência agradável e sobe veloz a escada até o banheiro, o livro na mão.

Sentado no vaso, ele pode olhar pela janela. (Do outro lado da rua, as pessoas podem ver sua cabeça e seus ombros, mas não o que ele está fazendo.) É uma manhã de inverno morna e cinzenta na Califórnia; o céu está baixo e suave com a neblina do Pacífico. Na orla, o oceano e o céu vão se fundir num cinza brando e triste. As palmeiras permanecem imóveis e das folhas dos arbustos de oleandro pinga o orvalho.

A rua se chama Camphor Tree Lane. Talvez cânforas crescessem por aqui antigamente; agora não há nenhuma. O mais provável é que o nome tenha sido uma escolha dos primeiros que debandaram do centro encardido de Los Angeles e da esnobe e conservadora Pasadena e vieram para cá, fundando a colônia no começo dos anos 1920. Referiam-se a seus bangalôs de estuque e cabanas de tábuas como chalés; davam-lhes nomes fofos como *The Fo'c'sle* e *Hi Nuff*. Chamavam as ruas de alamedas, veredas ou sendas, combinado com a atmosfera rústica que almejavam criar. O sonho utópico era de um vilarejo inglês subtropical com ares de Montmartre; um Lugarejo Bom onde se pudesse pintar um pouquinho, escrever um pouquinho, e beber muito. Eles se viam como individualistas retrógrados que faziam um derradeiro protesto contra o século XX. Davam graças em voz alta do nascer ao pôr do sol por terem escapado do mercantilismo deprimente da cidade. Eram cafonas, alegres e boêmios rebeldes; enxeridos contumazes na vida uns dos outros, e tolerantes a mais não poder. Quando brigavam, pelo menos era com punhos, garrafas e mobília, não com advogados. A maioria teve a grande sorte de desaparecer antes da Grande Mudança.

A Mudança começou no final dos anos 1940, quando os veteranos da Segunda Guerra Mundial chegaram de enxurrada do Leste com suas esposas recém-casadas, em busca de novos e melhores locais de procriação nas ensolaradas terras do Sul, que haviam sido seu último vislumbre nostálgico da Terra Natal antes de serem despachados para o Pacífico. E haveria melhor local de procriação que uma vizinhança nas colinas como essa, a apenas cinco minutos de caminhada da praia e sem tráfego para dizimar as futuras crias? Portanto, um a um, os chalés que costumavam feder a gim caseiro e reverberar com a poesia de Hart Crane sucumbiram à ocupação de telespectadores bebedores de coca-cola.

Os próprios veteranos, sem dúvida, teriam se adaptado muito bem à utopia boêmia original; talvez alguns até passassem a pintar ou escrever entre uma ressaca e outra. Mas suas mulheres lhes explicaram, desde o início e com linguajar o mais claro possível, que procriação e boêmia não combinavam. Para procriar era preciso um emprego estável, era preciso hipoteca, era preciso crédito, era preciso seguro de vida. E que não ousassem morrer, também, até que o futuro da família estivesse garantido.

Então as crias surgiram, ninhada após ninhada. E a velha escolinha virou um conjunto de novos edifícios grandes e arejados. E o mercadinho decadente à beira-mar foi ampliado e se tornou um supermercado. E na Camphor Tree Lane duas placas foram afixadas. Uma delas dizia que era proibido comer o agrião que crescia às margens do riacho, pois a água era poluída. (Os colonos originais comiam havia anos; e George e Jim provaram um pouco e acharam delicioso e nada aconteceu.) A outra placa — aquelas silhuetas pretas sinistras sobre o fundo amarelo — dizia CRIANÇAS BRINCANDO.

* * *

George e Jim viram a placa amarela, é claro, logo na primeira vez que vieram aqui à procura de um lugar para morar. Mas a ignoraram, pois já haviam se apaixonado pela casa. Eles a adoraram porque o acesso só era possível atravessando a ponte sobre o riacho; as árvores ao redor e o penhasco cerrado e íngreme atrás a isolavam como uma casa numa clareira de floresta. "Praticamente como se estivéssemos em nossa ilha", George declarou. Avançaram com folhas mortas de sicômoro até os tornozelos (uma amolação crônica), determinados, agora, a gostar de tudo. Ao espiarem a sala de estar escura, baixa e úmida, acharam que à noite seria aconchegante com a lareira acesa. A garagem estava coberta por um monte de hera, meio morta, meio viva, o que a fazia parecer ter o dobro do tamanho; era minúscula por dentro, pois fora construída nos tempos do Ford Modelo T. Jim a julgou adequada para abrigar alguns animais. De qualquer modo, os carros de ambos eram muito grandes para caber ali, ficariam estacionados na ponte. Ela estava começando a ceder um pouco, eles repararam. "Bem, espero que dure até o fim de nossos dias", disse Jim.

Sem dúvida as crianças do bairro veem a casa exatamente como George e Jim a viram naquela primeira tarde. Coberta de hera, escura e meio secreta, o perfeito covil de um velho ogro de contos de fadas. George se via interpretando esse papel, com uma violência cada vez maior desde que passara a viver sozinho. Um papel que faz aflorar uma face de sua natureza que ele odiava deixar Jim entrever. O que Jim diria se o visse abanando os braços e rugindo feito louco na janela, enquanto o Benny da sra. Strunk e o Joe da sra. Garfein correm de um lado para o outro da ponte por causa de uma aposta? (Jim sempre se dera muito bem com eles. Permitia que acariciassem os cangambás e o guaxinim e conversassem com o estorninho; e mesmo assim os meninos nunca cruzavam a ponte sem ser convidados.)

A sra. Strunk, que mora em frente, repreende zelosamente os filhos de vez em quando, dizendo-lhes para deixá-lo em paz, explicando que ele é professor e tem de trabalhar muito. Mas ela, embora tão amável — com uma expressão de cansada bonomia conferida pela lida doméstica; suavemente melancólica pela saudade dos tempos em que cantava no rádio, dos quais abrira mão por completo a fim de dar ao sr. Strunk cinco meninos e duas meninas — não se contém e diz a George, com um sorriso de indulgência materna e um levíssimo indício de aprovação, que Benny (o caçula) agora se refere a ele como "Aquele Homem", já que George pôs o pequeno para correr do quintal, perseguindo-o pela rua; ele estava batendo na porta da casa com um martelo.

George se envergonha de seus rugidos porque não são estudados. Ele perde a calma de fato e mais tarde se sente mortificado e nauseado. Ao mesmo tempo, sabe muito bem que as crianças querem que ele se comporte assim. Na verdade, obrigam-no a fazê-lo. Se de repente ele se recusasse a interpretar o ogro, e elas não conseguissem mais provocá-lo, teriam de procurar um substituto. A questão — é brincadeira ou ele nos odeia de verdade? — nunca lhes passa pela cabeça. George lhes é completamente indiferente, a não ser como personagem das histórias que inventam. Ele é o único que se importa. Portanto, sente ainda mais vergonha de seu momento de fraqueza cerca de um mês atrás, quando comprou balas e as ofereceu a um bando deles na rua. Aceitaram sem agradecer, olhando-o com curiosidade e incômodo; exercitando com ele talvez naquele instante a primeira lição de desprezo.

* * *

Nesse ínterim, Ruskin já perdeu a cabeça. "O gosto é a ÚNICA moralidade!", ele berra, o dedo em riste na cara de George. Está ficando cansativo e ele o interrompe no meio da frase, fechando o livro. Ainda sentado no vaso, olha pela janela.

A manhã está sossegada. Quase todas as crianças foram para a escola; ainda faltam algumas semanas para as férias natalinas. (Ao pensar no Natal, George sente um calafrio de desespero. Talvez tome uma atitude drástica; talvez pegue um avião para a Cidade do México e passe uma semana bêbado e correndo que nem louco pelos bares. Você não vai, jamais irá, lhe diz uma voz num tom de tédio e frieza.)

Ah, aí está Benny, martelo na mão. Ele fuça entre as lixeiras na calçada, prontas para a coleta, e pega uma balança de banheiro quebrada. Enquanto George o observa, Benny começa a arrebentá-la com o martelo, emitindo berros; finge que a balança está gritando de dor. E pensar que a sra. Strunk, a orgulhosa mãe dessa criatura, perguntava a Jim, com arrepios de nojo, como ele aguentava tocar naqueles filhotes inofensivos de cobra-real californiana!

E agora a sra. Strunk surge no alpendre de casa, no instante em que Benny termina o assassinato da balança e fica de pé, olhando as entranhas espalhadas do aparelho. "Ponha de volta!", ela lhe diz. "De volta na lixeira! Ponha de volta agora! De volta! Ponha de volta! Já!" Ela levanta a voz e a abaixa, numa cantilena intencionalmente doce. Jamais grita com os filhos. Leu todos os livros de psicologia. Sabe que Benny está passando pela Fase Agressiva no momento esperado: nada mais normal e saudável. Sabe muito bem que é ouvida do outro lado da rua. É seu direito ser ouvida, pois essa é a Hora das Mães. Quando Benny enfim joga algumas das partes quebradas na lixeira, ela diz "Muito bem!" e volta sorrindo para dentro de casa.

Então Benny sai para interagir com duas crianças bem menores, dois meninos e uma menina que tentam cavar um buraco no lote vazio entre os Strunk e os Garfein. (As duas casas ficam de frente para a rua, escancaradas, num evidente contraste com a privacidade do covil mais afastado de George.)

No lote vazio, sob o imenso eucalipto antigo, Benny assumiu o controle da escavação. Ele tira a jaqueta corta-vento e a joga para a menininha segurar; em seguida, cospe nas mãos e pega a pá. Ele é alguém da TV, à caça de um tesouro escondido. Essa vida de criança não passa de uma mistura dessas imitações. Assim que aprendem a falar, tentam repetir os jingles.

Mas agora um dos meninos — talvez porque a escavação de Benny o entedie tanto quanto os projetos de escotismo do sr. Strunk entendiam Benny — sai andando sozinho, disparando um canhão de brinquedo. George já falou com a sra. Strunk sobre esse canhão, suplicou que por favor explicasse à mãe do garoto que aquele brinquedo o estava enlouquecendo aos poucos. Mas a sra. Strunk não pretende interferir na anarquia da natureza. Com um sorriso evasivo, diz a George: "*Eu* nunca escuto o barulho que as crianças fazem — contanto que seja um barulho *feliz*".

A hora da sra. Strunk e o expediente da maternidade vão durar até o meio da tarde, quando os meninos e as meninas maiores voltam da escola. Chegam em grupos mistos — dos quais quase todos os meninos se separam ao mesmo tempo para participar da hora masculina do jogo de bola. Trocam gritos altos e ríspidos, e chutam e saltam e pegam com uma graça arrogante. Quando a bola aterrissa em algum quintal, pisoteiam flores, se arrastam por jardins com pedras, irrompem em pátios sem nem pensar em pedir desculpas. Se um carro se aventura pela rua, tem de parar e esperar até eles permitirem que ele passe; conhecem seus direitos. E agora as mães têm de manter as crias dentro de casa, fora de perigo. As meninas se sentam nos alpendres, rindo juntas. Seus olhos estão sempre nos meninos, e elas fazem as coisas mais bizarras para chamar a atenção deles — as filhas de Cody, por exemplo, ficam abanando o velho poodle preto delas como se fosse Cleópatra no Nilo. São desprezadas, porém, até pelos próprios amigos meninos, pois esta não é a hora das meninas. Os únicos que vão falar com elas agora têm voz macia e são doces, como o belo filho aviadado do doutor, que amarra fitas nos cachos do poodle.

E então, por fim, os homens vão chegar do trabalho. E é a hora deles, e os jogos de bola têm de parar. Pois os nervos do sr. Strunk talvez não tenham melhorado depois de um dia inteiro tentando vender um imóvel a uma viúva rica com cérebro de minhoca, e o temperamento do sr. Garfein é imprevisível depois das tensões de sua empresa de instalação de piscinas. Eles e os colegas-pais não suportam mais barulho. (Aos domingos o sr. Strunk joga bola com os filhos, mas não passa de mais um de seus exercícios físicos, civilizado, sério e na verdade nada divertido.)

Todo fim de semana tem festa. Os adolescentes são incentivados a sair e dançar e se bolinar, mesmo que não tenham terminado os deveres de casa, pois os adultos precisam desesperadamente relaxar, sem observadores. E agora a sra. Strunk prepara saladas na cozinha com a sra. Garfein, e o sr. Strunk começa a fazer o churrasco no quintal, e o sr. Garfein, atravessando o lote vazio com uma bandeja de garrafas e uma coqueteleira, anuncia alegremente, no tom dos fuzileiros navais: "Martííííinis a postos!".

E duas, três horas mais tarde, depois dos coquetéis e das gargalhadas, das histórias espantosamente sórdidas, dos beliscões mais ou menos disfarçados na bunda da mulher alheia, das carnes e da torta, enquanto As Meninas — como a sra. Strunk e o resto continuarão denominando a si mesmas e umas às outras até os noventa anos, se chegarem lá — lavam a louça, dá para ouvir o sr. Strunk e seus colegas-maridos rindo e conversando no alpendre, um copo na mão, a voz pastosa. Os problemas profissionais estão esquecidos agora. Eles se sentem orgulhosos e contentes. Pois até o menos importante deles é coproprietário da utopia americana, do reino da boa vida na terra, macaqueado grosseiramente pelos russos, odiado pelos chineses, que não obstante estão prontos para se purgar e se matar de fome ao longo de gerações, na esperança desesperançada de herdá-lo. Ah, sim, de fato o sr. Strunk e o sr. Garfein se orgulham desse reino. Mas por que, então, falam como garotos que, explorando uma gruta desconhecida, se chamam uns aos outros, as vozes cada vez mais e mais altas, mais e mais valentes? Eles sabem que têm medo? Não. Mas têm muito medo.

Do que têm medo?

Têm medo daquilo que sabem que está em algum lugar da escuridão que os cerca, daquilo que a qualquer momento pode emergir à luz irrefutável de suas lanternas, nunca mais passível de ser ignorado ou justificado. O diabo que não caberá em suas estatísticas, a górgona que recusa suas cirurgias plásticas, o vampiro que bebe sangue com goles indelicados e incivilizados, a besta malcheirosa que não usa desodorante, o indizível que insiste, apesar de seus pedidos de silêncio, em dizer seu nome.

Dentre muitos outros tipos de monstro, diz, eles têm medo dele, George.

O sr. Strunk, ele supõe, tenta defini-lo com uma palavra. *Bicha*, ele sem dúvida grunhe. Mas, já que afinal estão em 1962, até dele se pode esperar que acrescente, não dou a mínima para o que ele faz contanto que fique longe de mim. Até os psicólogos discordam quanto às conclusões a que se pode chegar sobre os srs. Strunk deste mundo com base em tal comentário. O fato continua a ser que o próprio sr. Strunk, a julgar por uma fotografia dele em uniforme de futebol americano na faculdade, era o que muitos chamariam de um belo bofe.

Mas a sra. Strunk, George tem certeza, pede delicadamente licença para discordar do marido; ela é treinada na nova tolerância, a técnica da aniquilação pela brandura. Pega o livro de psicologia — sino e vela já não são necessários. Lendo trechos com sua meiga voz cantarolada, ela trata de exorcizar o indizível de George. Não tem por que ter nojo, ela entoa, não tem por que condenar. Não tem nada deliberadamente depravado. Tudo se deve à hereditariedade, ao ambiente da infância (que vergonha daquelas mães possessivas, daquelas escolas britânicas só para rapazes!), ao desenvolvimento atrofiado na puberdade, e/ou das glândulas. Temos aqui um desajustado, privado para sempre das melhores coisas da vida, digno de compaixão, não de culpa. Alguns casos, se detectados bem cedo, *talvez* respondam bem à terapia. Quanto ao resto — ah, que tristeza, sobretudo quando acontece, sejamos realistas que isso ocorre, com pessoas realmente dignas de mérito, pessoas que talvez tivessem muito a oferecer. (Mesmo quando são gênios apesar disso, suas obras-primas são sempre *deformadas*.) Portanto sejamos compreensivos, que tal?, e lembremos que, no final das contas, *houve* os gregos (embora o caso deles fosse um pouco diferente, pois eram pagãos e não neuróticos). Vamos até nos atrever a afirmar que esse tipo de relação às vezes pode ser quase belo — em especial se um dos indivíduos já está morto; ou, melhor ainda, ambos.

Como a sra. Strunk gostaria de ficar triste por Jim! Mas, poxa, ela não sabe, nenhum deles sabe. Ocorreu em Ohio, e os jornais de Los Angeles não divulgaram a notícia. George simplesmente disse que os pais de Jim, bastante idosos, vinham tentando convencê-lo a voltar para casa e morar com eles; e que agora, desde a última visita que lhes fez, ele ficaria no Leste por tempo indeterminado. O que é uma verdade absoluta. Quanto aos animais, aqueles *aide-memóires* diabólicos, George teve de tirá-los de seu campo de visão imediatamente, não conseguia nem pensar em tê-los em algum lugar próximo. Portanto, quando a sra. Garfein quis saber se ele venderia o estorninho, ele disse que enviara os bichos a Jim. Um negociante de San Diego os levara todos.

E agora, em resposta às perguntas da sra. Strunk e dos outros, George declara que sim, de fato tinha acabado de falar com Jim e ele está bem. Perguntam cada vez menos. São muito pouco curiosos, de fato.

Mas seu livro está equivocado, sra. Strunk, diz George, quando lhe afirma que Jim é o substituto que encontrei para um filho de verdade, um irmão caçula de verdade, um marido de verdade, uma esposa de verdade. Jim não era substituto de nada. E, permita-me dizê-lo, não existe substituto para Jim em lugar nenhum.

Seu exorcismo falhou, cara sra. Strunk, diz George, sentado no vaso e, de seu covil, espia-a esvaziar na lixeira o filtro do aspirador de pó. O indizível continua aqui, entre vocês.

Merda. O telefone.

Por mais comprido que seja o fio oferecido pela empresa de telefonia, ele não vai chegar ao banheiro. George se levanta do assento e arrasta os pés até o escritório, como um homem numa corrida de sacos.

"Alô."

"Alô... é o... é *você* mesmo, Geo?"

"Oi, Charley."

"Puxa, liguei cedo demais, será?"

"Não." (Minha nossa, ela já conseguiu irritá-lo! Porém, qual o sentido de culpá-la pelo desconforto de estar ali de pé, com a calça abaixada, sem ter tido tempo de se limpar? É preciso admitir, no entanto, que Charlotte tem o dom genuinamente clarividente de escolher o momento errado para telefonar.)

"Tem certeza?"

"Claro que sim. Já tomei o café da manhã."

"Fiquei com medo de esperar mais e você já ter saído pra faculdade... Meu Deus, eu não tinha reparado que estava *tão* tarde! Você já não deveria estar lá?"

"Hoje eu dou apenas uma aula. Só começa às onze e meia. Os dias em que pego mais cedo são segunda e quarta." (Tudo isso explicado num tom de paciência ligeiramente enfática.)

"Ah, verdade — é, é isso mesmo! Que desligada! *Sempre* me esqueço."

(Silêncio. George sabe que ela quer lhe perguntar alguma coisa. Mas não facilita. Está até os tampos de suas intromissões. *Por que* ela insinua que *deveria* saber de seus horários na faculdade? Só demonstra sua possessividade. E por que, se realmente acha que deve saber, ela mistura tudo?)

"Geo..." (muito humilde) "você *por acaso* estaria livre hoje à noite?"

"Infelizmente não. Não." (Um segundo antes de falar, ele não saberia dizer como responderia. É o desespero na voz de Charlotte que o leva a se decidir. Não está com cabeça para uma de suas crises.)

"Ah... entendo... Imaginei que não estaria. Está mesmo *em cima da hora*, eu sei." (Ela parece meio aturdida, reticente, desesperançada. Ele fica imóvel, à espera do soluço. Que não vem. Seu rosto se franze numa careta de culpa e incômodo — este último causado pela consciência cada vez maior da sujeira e dos tornozelos presos.)

"Imagino que você não possa... quer dizer... imagino que seja importante..."

"É importante sim." (A expressão culpada relaxa. Agora ele está puto com ela. Não quer ser controlado.)

"Entendo... Bom, deixa pra lá." (Ela está valente, agora.) "Ligo de novo pra você depois, posso? Daqui a alguns dias?"

"Claro." (Ah — por que não ser um pouco mais delicado, agora que ela se pôs em seu devido lugar?) "Ou eu te ligo."

(Pausa.)

"Bom... tchau, Geo."

"Tchau, Charley."

Vinte minutos depois, a sra. Strunk, regando os arbustos de hibisco de seu alpendre, vê George atravessar de ré a ponte. (Anda muito bamba. Ela espera que ele mande arrumá-la, uma das crianças pode acabar se machucando.) Quando ele manobra, ela acena. George acena de volta.

Coitado, ela pensa, morando ali completamente sozinho. Ele parece ser gente boa.

Uma das maravilhas abençoadas das autoestradas de Los Angeles é que agora dá pra sair da praia e chegar ao San Tomas State College em cinquenta minutos, cinco a mais ou a menos, em vez das quase duas horas de antes, nos velhos tempos de lentidão, engatinhando de sinal vermelho em sinal vermelho pela região do centro e depois pelo interior.

George sente uma espécie de patriotismo em relação às autoestradas. Orgulha-se de serem tão rápidas, de que as pessoas se percam nelas e às vezes até entrem em pânico e tenham de procurar abrigo no atalho mais próximo. Ele ama as autoestradas porque ainda consegue lidar com elas — e isso prova que ele é ainda um membro funcional da sociedade. Ainda consegue *sobreviver*.

(Assim como qualquer sujeito inclinado à transgressão, George é hiperconsciente de todos os estatutos, decretos municipais, regras e regulamentos banais. Pense em quantos Inimigos

Públicos foram pegos só por terem deixado de pagar uma multa de trânsito! Nunca na vida ele viu seu passaporte ser carimbado em uma fronteira, a carteira de motorista ser aceita por um agente dos correios como prova de identidade, sem murmurar alegremente consigo mesmo, *idiotas — eu os enganei de novo*!)

Vai enganá-los outra vez esta manhã, lá, na louca corrida de bigas metropolitana — Ben-Hur sem dúvida se acovardaria —, manobrando de pista em pista com as melhores delas, nunca ficando abaixo dos cento e trinta na pista rápida da esquerda, nunca se abalando quando um adolescente maluco gruda na rabeira ou uma mulher (tudo se resume a lhes dar a preferencial) o fecha bruscamente. Os policiais em suas motocicletas não vão detectar nada, porém, que os leve a segui-lo com suas sirenes e luzes vermelhas, sinalizando que pare no acostamento, que saia da estrada, em seguida escoltando-o com amabilidade mas com firmeza a uma comunidade organizada com primor onde Cidadãos Idosos (*velhos*, em nosso País da Insipidez, se tornou uma palavra quase tão feia quanto judeuzinho ou crioulo) vão se acostumado à senilidade, reaprendem seus jogos de infância mas com uma diferença: agora são conhecidos como *recreação passiva*. Ah, deixe que eles trepem, se ainda dão conta do recado; e, se não dão, que se entreguem sem inibições a brincadeiras eróticas pueris. Que se casem, até — aos oitenta, aos noventa, aos cem — quem se importa? Qualquer coisa que os mantenha ocupados e os impeça de perambular por aí obstruindo o tráfego.

Há sempre o momento ligeiramente desagradável em que você sobe uma rampa que leva à autoestrada e se torna o que chamam de *confluência de trânsito*. George tem aquela sensação de arrepio que não sossega nem ficando atento ao espelho retrovisor; de que, de forma inexplicável, invisível, você está prestes a sofrer uma batida na traseira. E então, no instante seguinte, ele já se incorporou ao fluxo e está longe, fora de qualquer perigo, galgando a longa e aprazível pista rumo ao topo do desfiladeiro e depois ao Vale.

E agora, enquanto dirige, é como se uma espécie de auto-hipnose o tomasse. Vemos o rosto relaxar, os ombros se distenderem, o corpo se reacomodar no banco. Os reflexos dominam: o pé esquerdo pisa no pedal da embreagem com uma pressão firme e serena, enquanto o direito controla o acelerador, cauteloso. A mão esquerda está leve no volante; a direita maneja o câmbio com a máxima precisão. Os olhos, voltando-se sem pressa da pista para o espelho, do espelho para a pista, medem calmamente as distâncias à frente, atrás, em relação ao carro mais próximo... Afinal, não é uma corrida louca de bigas — ainda que possa parecer aos espectadores ou aos neófitos nervosos — mas um rio caudaloso que flui, poderoso e tranquilo, para o escoadouro. Não há nada a temer, contanto que você se deixe levar; aliás, você descobre, em meio à corrente, uma sensação de indolência e bem-estar.

E agora algo novo começa a acontecer com George. O rosto fica tenso outra vez, os músculos ressaltam um pouco o maxilar, a boca se retesa e se contorce, os lábios se pressionam num ricto amargo, surge um tique nervoso entre as sobrancelhas. E no entanto, enquanto tudo isso ocorre, o resto do corpo continua em total relaxamento. Parece apartar-se, mais e mais, tornar-se uma entidade autônoma: a figura de um motorista anônimo impassível com pouca vontade ou personalidade própria, a perfeita encarnação da coordenação muscular, sem ansiedade, num silêncio tático, que leva o patrão ao trabalho.

E George, qual um patrão que confiou o volante do carro a um empregado, agora está livre para voltar sua atenção a outros lugares. Enquanto atravessam o cume do desfiladeiro, vai ficando cada vez menos atento ao exterior: os carros ao redor; adiante, a curva da autoestrada; o Vale com suas casas e jardins se abrindo lá embaixo, sob uma mancha suja de smog, acima da qual, mais além, se erguem as montanhas áridas e enormes. Mergulhou fundo em si mesmo.

O que está tramando?

À beira da praia, um imenso e insolente prédio alto que vai abrigar cem apartamentos cresce em suas vigas mestras; obstruirá a vista que se tem da costa a partir do parque no despenhadeiro lá em cima. Um porta-voz do projeto diz, em resposta às objeções, bem, isso é Progresso. E de qualquer modo, ele insinua, se existe gente disposta a pagar quatrocentos e cinquenta dólares por mês por essa vista alugando nossos apartamentos, por que vocês, usuários do parque (e aí se inclui George), devem tê-la de graça?

O editor de um jornal local iniciou uma campanha contra os desviados sexuais (no que se refere a gente como George). Estão por todos os lados, ele diz: não se pode mais entrar num bar, num banheiro masculino, ou numa biblioteca pública, sem presenciar cenas atrozes. E todos, sem exceção, têm sífilis. As leis que existem contra eles, diz, são por demais indulgentes.

Um senador fez um discurso há pouco declarando que deveriam atacar Cuba imediatamente, com todas as forças, para que não se desdenhasse a Doutrina Monroe, considerando-a pouco importante. O senador não nega que isso provavelmente desencadearia uma guerra de mísseis. Temos de encarar o fato: a alternativa é a desonra. Temos de estar preparados para sacrificar três quartos da população (inclusive George).

Seria divertido, George pondera, entrar escondido naquele prédio durante a noite, pouco antes de os inquilinos se mudarem, e borrifar em todas as paredes de todos os cômodos uma substância odorífera especialmente preparada, quase imperceptível no começo mas que aos poucos ficaria mais forte até feder a cadáveres em putrefação. Tentariam se livrar do cheiro com todos os odorantes conhecidos pela ciência, mas seria em vão; e quando enfim em um ato desesperado arrancassem o gesso e a carpintaria, descobririam que as próprias vigas estavam fedendo. Abandonariam o local assim como os khmers abandonaram Angkor, mas o fedor aumentaria cada vez mais até ser possível senti-lo distintamente na costa até Malibu. Então, por fim, a estrutura inteira teria de ser desfeita por trabalhadores com máscaras de gás e transformada em pó e descarregada bem longe no oceano... Ou talvez fosse mais prático descobrir um tipo de vírus que corroeria o que endurece o metal. A vantagem em relação à substância odorífera é que bastaria uma injeção em um ponto para o vírus corroer todo o metal do prédio. E então, quando todo mundo tivesse se mudado e enquanto estivesse rolando a grande festa de inauguração, a coisa inteira bambearia e afundaria numa pilha confusa e molenga, como um espaguete.

Então aquele editor de jornal, pensa George, que divertido seria sequestrá-lo, a ele e aos colunistas responsáveis pelos artigos sobre pervertidos sexuais — e talvez também o chefe de polícia, e o comandante do Esquadrão de Vícios, e aqueles pastores que endossavam a campanha de seus púlpitos — e levá-los todos a um estúdio de cinema subterrâneo onde, depois de um pouco de persuasão — sem dúvida apenas lhes mostrar os tições em brasa e os torqueses já bastaria —, eles levariam a cabo todos os atos sexuais possíveis, em pares e em grupos, com uma demonstração de extrema satisfação. Em seguida, o filme seria revelado e se enviariam às pressas cópias a todos os cinemas. Os assistentes de George iriam cloroformizar os lanterninhas para que as luzes não pudessem ser acesas, trancariam as saídas, subjugariam os projetistas e passariam o filme sob o título Próximas Atrações.

E quanto àquele senador, não seria divertido se...

Não.

(A essa altura, vemos as sobrancelhas se contraírem em um espasmo mais violento do que o habitual, a boca se afinar numa ferocidade de lâmina de faca.)

Não. Divertido *não* é a palavra. Pessoas desse tipo não são divertidas. Nunca devem ser encaradas como divertidas. Entendem apenas uma língua: a força bruta.

Portanto, precisamos lançar uma campanha de terror sistemático. A fim de ser eficaz, exigirá uma organização de pelo menos quinhentos torturadores e assassinos muitíssimo habilidosos, todos muito dedicados. O chefe da organização vai fazer uma lista de objetivos bem definidos, simples, tais como a remoção daquele prédio residencial, a extinção daquele jornal, a destituição daquele senador. Depois os tópicos serão executados ordenadamente, independentemente do tempo gasto ou do número de baixas. Em cada um dos casos, o criminoso responsável primeiro vai receber um bilhete educado, assinado *Tio George*, explicando exatamente o que ele precisa fazer até determinado prazo se quiser continuar vivo. Também lhe será explicado que Tio George opera segundo a teoria da culpa por associação.

Um minuto depois do prazo, a matança começará. A execução do criminoso responsável será adiada por algumas semanas ou meses, para lhe dar a chance de refletir. Enquanto isso, haverá lembretes diários. Sua mulher pode vir a ser sequestrada, estrangulada, embalsamada e acomodada na sala de estar para recepcioná-lo quando ele voltar do escritório. A cabeça dos filhos pode chegar pelo correio, ou a gravação dos berros de seus parentes torturados até a morte. A casa de seus amigos pode vir a explodir durante a noite. Todo mundo que um dia o conheceu correrá risco de vida.

Quando a eficácia de cem por cento da organização tiver sido demonstrada um número suficiente de vezes, a população aos poucos começará a perceber que a vontade de Tio George deve ser acatada imediatamente e sem questionamentos.

Mas Tio George *quer* ser acatado? Será que não prefere ser peitado, assim pode continuar matando sem parar? Já que todas essas pessoas são tóxicas, quanto mais mortes, melhor? São todas, em última análise, responsáveis pela morte de Jim: suas palavras, seus pensamentos, seu estilo de vida como um todo determinaram que fosse assim, embora nunca tivessem sabido de sua existência. Mas, quando George mergulha fundo, Jim já não importa tanto. Jim não é nada, agora, além de um pretexto para que odeie três quartos da população da América… O maxilar de George trabalha, seus dentes rangem enquanto mastiga sem parar o bolo de seu ódio.

Mas ele realmente odeia todas essas pessoas? Elas não são apenas um pretexto para odiar? O que *é* o ódio de George, então? Um estimulante, nada mais, apesar de muito ruim para ele, sem dúvida. Raiva, rancor, cólera: disso é feita a vitalidade da meia-idade. Se dizemos que George está muito louco nesse momento em particular, então é provável que também estejam assim pelo menos meia dúzia de sujeitos nos vários carros que o rodeiam; todos desaceleram agora que o tráfego se intensifica, descem o morro, passam sob a ponte, sobem de novo, deixam a Union Depot para trás … Meu Deus! Já estamos no centro! George emerge à superfície atordoado, surpreso ao perceber que a figura do motorista quebrou um recorde: nunca antes conseguira levá-los tão longe totalmente por sua conta. E isso suscita uma pergunta inquietante: estaria o motorista se tornando um indivíduo paulatinamente? Se preparando para assumir um naco bem maior da vida de George?

Não tem tempo para se preocupar com isso agora. Em dez minutos terão chegado ao campus. Em dez minutos George terá de ser George, o George que eles nomearam e que será reconhecido. Então agora ele se dedica conscientemente a pensar o pensamento deles, a entrar no estado de espírito deles. Com a destreza de um veterano, põe rapidamente a maquiagem psicológica do papel que tem de interpretar.

Assim que sai da autoestrada e entra na San Tomas Avenue, está de volta à Los Angeles morosa, sonolenta e cafona dos anos 1930, ainda convalescente da Depressão, sem dinheiro para gastar em demãos de tinta. E como é charmosa! Um terreno irregular de colinas íngremes com casas brancas de estuque rachado perigosamente aboletadas em suas encostas e cumes, ela acaba tendo um visual mais singular que feio por causa da cama de gato alucinada constituída pelos fios entrelaçados nos postes de telefone. Como os mexicanos moram aqui, há um monte de flores. Como os negros também moram aqui, é alegre. George não gostaria de morar aqui, já que todos fazem barulho o dia inteiro com seus aparelhos de rádio e televisão. Mas nunca se pegaria berrando com os filhos deles, pois essa gente não é O Inimigo. Se um dia aceitassem George, talvez fossem até mesmo aliados. Nunca estão presentes nas fantasias do Tio George.

O campus do San Tomas State College fica do outro lado da autoestrada. Chega-se lá atravessando uma ponte que conduz ao presente de destruição-reconstrução-destruição. Aqui as colinas foram levadas embora de caminhão ou tiveram seu cume cortado por escavadeiras, e a paisagem é lacerada por terraços rudimentares. Condomínios e mais condomínios de habitações-dormitórios de telhado baixo (invariavelmente chamadas de *casas* e descritas como *um novo conceito de moradia*) são abertos assim que podem ter acesso ao esgoto e aos cabos elétricos. É uma calúnia dizer que todas as casas sejam idênticas: algumas têm telhado marrom, outras verde, e os azulejos dos banheiros não são da mesma cor em todas elas. Os condomínios também têm sua individualidade — cada um tem um nome diferente, ao estilo da imaginação dos corretores: Sky Acres, Vista Grande, Grovenor Heights.

O epicentro de todo esse nivelamento de terreno, escavação, transporte de resíduos e martelagem é o próprio campus da faculdade. Uma fábrica moderna e simples, tijolo e vidro e janelas grandes, já três quartos construída, o campus está sendo finalizado com uma rapidez histérica. (O barulho de obra é tamanho que em algumas salas mal se escuta o professor.) Quando a fábrica estiver funcionando a pleno vapor, conseguirá processar vinte mil formandos. Mas, em menos de dez anos, terá de lidar com quarenta mil ou cinquenta mil. Então tudo será demolido de novo e reconstruído com o dobro do tamanho.

No entanto, argumenta-se que, a essa altura, o campus será isolado do mundo exterior por seus estacionamentos, que formarão uma floresta impenetrável de carros abandonados por estudantes desesperados com os engarrafamentos de uma semana no futuro próximo. Mesmo agora, os estacionamentos são tão grandes quanto o próprio campus e tão cheios que é preciso ir de um em um à procura da última vaguinha. Hoje George dá sorte. Encontra um espaço no estacionamento mais próximo a sua sala de aula. Enfia o cartão na fenda (assim apresentando uma prova circunstancial de que ele *é* George); a cancela se levanta em solavancos mecânicos espasmódicos e ele entra.

Ultimamente George vem tentando se condicionar a reconhecer o carro de seus alunos. (Está sempre às voltas com esses projetos de aprimoramento: às vezes é exercício de memória, às vezes é uma nova dieta, às vezes é só a promessa de ler o ilegível Centésimo Melhor Livro. Raramente persiste por muito tempo.) Hoje está contente por ser capaz de reconhecer três carros — sem contar a patinete elétrica que o aluno italiano de intercâmbio, com uma coragem ou um provincianismo que chega às raias da insanidade, dirige de um lado para o outro da autoestrada como se fosse a Via Veneto. Há o velho Ford cupê não-tão--branco de Tom Kugelman, em cuja traseira ele gravou *Branca de Leve*. Há o Pontiac cinza-fuligem do garoto sino-havaiano, com um daqueles adesivos piadistas no retrovisor: *O único ismo em que acredito é o expressionismo abstrato*. A piada não é piada nesse caso específico, pois ele de fato é pintor abstrato. (Ou seria uma enorme sutileza?) De qualquer modo, parece incoerente que alguém com um doce sorriso de Cheshire, a pele de uma maciez cremosa e um asseio felino possa produzir telas turvas tão soturnas ou ter um carro tão imundo. Ele tem o belo nome de Alexander Mong. E tem também o MG escarlate imaculado e lustroso de Buddy Sorensen, o extravagante albino de olhos úmidos que é uma estrela do basquete e usa um bottom NÃO À BOMBA NUCLEAR. George já o vislumbrou passar correndo pela autoestrada, rindo sozinho como se o absurdo bidê tivesse fugido com ele, e ele não estivesse nem aí.

Agora George chegou. Não está nem um pouco nervoso. Ao sair do carro, sente uma onda de energia, de entusiasmo pelo início da peça. E caminha com vigor, os passos rápidos, ao longo da trilha de cascalho que ladeia o conservatório em direção à secretaria. Agora é todo ator: um ator que deixa o camarim, se apressa pela parafernália do palco, das luzes e contrarregras dos bastidores para fazer sua entrada. Um veterano que, tranquilo e confiante, se detém por um momento no limiar da porta e então, com audácia, clareza e a entonação britânica sutilmente modulada que seu público lhe exige, declama sua primeira fala: "Bom dia!".

E as três secretárias — todas elas atrizes charmosas e talentosas, cada uma a seu estilo — o reconhecem de imediato, sem nem uma centelha de dúvida, e respondem "Bom dia!". (Existe algo de religioso aqui, como respostas na igreja; uma reafirmação da fé no dogma americano básico, de que é, sempre, um *Bom* Dia. Bom, apesar dos russos e seus mísseis, e de todos os males e preocupações da carne. Pois é evidente, sabemos, que os russos e as preocupações não são reais. Podem ser ignorados e forçados a sumir. E portanto o dia pode ser transformado em bom. Pois bem, então, ele *é* bom.)

Todos os professores do departamento de inglês têm seus escaninhos nessa secretaria, e todos estão abarrotados de papéis. Que mania de comunicação! Um aviso de reunião de comitê menos relevante a respeito do mais banal dos assuntos será impresso e distribuído às centenas de cópias. Todos são informados de tudo. George dá uma olhada em todos eles e joga tudo na lixeira, com uma exceção: um cartão retangular com ranhuras e cortes e codificado por uma máquina da IBM, com a identidade acadêmica do idiota de um aluno. Na verdade, o cartão *é* sua identidade. Vamos imaginar que, em vez de assiná-lo conforme foi pedido e devolvê-lo à secretaria de pessoal, George o rasgasse. No mesmo instante o aluno deixaria de existir, no que diz respeito ao San Tomas State. Ele se tornaria academicamente invisível, e só reapareceria com uma dificuldade enorme, depois de executar as mais complexas cerimônias de sacrifício expiatório — incontáveis oferendas de formulários preenchidos em três vias e declarações juramentadas autenticadas aos deuses da IBM.

George assina o cartão, segurando firme com a ponta de dois dedos. Não gosta nem de tocar nessas coisas, pois são runas de uma mágica imbecil mas ainda assim potente e maligna: a mágica dos deuses da máquina-do-pensamento, cujo culto tem um dogma, *não podemos errar.* A mágica deles consiste nisso — sempre que cometem um erro, o que acontece bastante, ele é perpetuado e assim se torna um não erro... Segurando o cartão pela pontinha, George o entrega a uma das secretárias, que vai se encarregar de enviá-lo à administração. Na mesa da secretária tem uma lixa de unha. George a pega, dizendo: "Vamos ver se esse tal robô vai perceber a diferença", e finge estar prestes a fazer outro corte no cartão. A garota ri, mas só depois de uma fração de segundo de uma expressão de puro terror; a risada em si é forçada. George proferiu uma blasfêmia.

Satisfeito consigo mesmo, ele sai da secretaria rumo ao refeitório.

Começa a atravessar o espaço amplo e aberto que é o centro do campus, cercado pelo departamento de artes, o ginásio, o departamento de ciências e a sede administrativa, com um gramado recém-plantado e algumas arvorezinhas esperançosas que devem ficar frondejantes e fazer sombra e ser agradáveis dali a alguns anos; em outras palavras, quando começarem a derrubar tudo de novo. O ar cheira a poluição, irrita os olhos, para dizer o mínimo. As montanhas da cadeia de San Gabriel — que ainda conferem ao San Tomas State o quê do glamour de uma faculdade no alto de um planalto dos Andes, nos poucos dias em que se consegue vê-las — hoje estão escondidas, como de hábito, nos vapores amarelos doentios que sobem da balbúrdia metropolitana lá embaixo.

E agora, em torno de George, aproximando-se dele, cruzando seu caminho, vindo de todas as direções, pelas esteiras rolantes das autoestradas, está o material bruto masculino e feminino que alimenta diariamente essa fábrica, que será processado, embalado e posto no mercado. Negros, mexicanos, judeus, japoneses, chineses, latinos, eslavos, nórdicos, as cabeças pretas prevalecem sobre as louras. Apressados em cumprir seus horários, perdendo tempo com flertes, travando sérios debates enquanto passeiam, murmurando a sós alguma lição; todos sobrecarregados de livros, todos atormentados.

O que acham que estão fazendo aqui? Bem, existe uma resposta oficial: preparam-se para a vida, o que significa emprego e segurança para criar filhos que eles vão preparar para a vida, o que significa emprego e segurança para. Mas, apesar de todos os orientadores vocacionais, dos panfletos alardeando a grana que se pode ganhar investindo numa formação técnica consistente — farmacologia, digamos, ou contabilidade, ou as oportunidades diversas oferecidas pelo vasto campo da eletrônica — ainda há, o que é bastante incrível, alguns que insistem em escrever poemas, romances, peças teatrais! Atabalhoados por causa do pouco sono, escrevinham em momentos roubados entre aulas, empregos de meio período e a vida de casados. Seus cérebros estão zonzos de palavras enquanto esfregam uma sala de cirurgia, separam correspondências numa agência dos correios, preparam a mamadeira do bebê, fritam hambúrgueres. E em algum lugar, no meio da servidão ao tem-de-ser, a insensatez do podia-ser lhes sussurra que vivam, conheçam, experimentem — o quê? *Maravilhas!* Uma Temporada no Inferno, a Viagem ao Fim da Noite, os Sete Pilares da Sabedoria, a Clara Luz do Vazio... Será que algum deles chegará lá? Ah, sem dúvida. Pelo menos um. Dois ou três, no máximo — de todos os milhares que buscam.

Aqui, no meio deles, George sente uma espécie de vertigem. Meu Deus, o que será de todos eles? Que chance eles têm? Preciso berrar, agora, aqui, que é impossível?

Mas George sabe que não pode agir assim. Pois, absurdamente, inadequadamente, quase a despeito de si mesmo, ele é um representante da esperança. E a esperança não é falsa. Não. É só que George parece um homem tentando vender um diamante verdadeiro por um tostão, na rua. O diamante escapa à atenção de todos, menos de uns poucos, pois a grande maioria apressada nunca pode se deter para ousar supor que possa ser verdadeiro.

Do lado de fora do refeitório há anúncios das atividades estudantis em andamento: Noite das Mulheres Caras-pálidas, Piquenique do Velo de Ouro, Baile dos Desbravadores de Neblina, Reunião da Sociedade Cívica, e o grande jogo contra o LPSC. Esses rituais propagandeados da tribo de San Tomas não são muito convincentes, são promovidos apenas por uma minoria de entusiastas. O resto dos garotos e garotas não se considera de fato uma tribo, apesar de dispostos a fingir que sim, em ocasiões especiais. Só têm realmente em comum a urgência: a necessidade de estar por dentro, de terminar aquela tarefa que deveriam ter entregado três dias antes. Quando George entreouve suas conversas, é quase sempre sobre o que não conseguiram fazer, o que temem que o professor mande que façam, o que arriscaram não fazer e escaparam incólumes.

O refeitório está apinhado. George para à porta, olha ao redor. Agora que é um serviço de utilidade pública, propriedade do STSC, está impaciente para ser usado. Detesta ver desperdiçado sequer um minuto de si. Começa a andar entre as mesas com um sorriso titubeante: um sorriso de quarenta watts pronto para subir aos cento e cinquenta assim que alguém solicitar.

Agora, para seu alívio, ele vislumbra Russ Dreyer, que se levanta para cumprimentá-lo. Sem dúvida estava procurando por ele. Dreyer pouco a pouco se tornou o assistente pessoal, o diretor-executivo, o guarda-costas de George. É um rapaz de rosto fino e anguloso, cabelo escovinha e óculos sem aro. Usa uma camiseta havaiana um tanto informal que, nele, parece uma concessão tímida e afetada à jovialidade das roupas a seu redor. A regata que surge no V aberto de sua gola desabotoada está cirurgicamente limpa, como sempre. Dreyer é um acadêmico de primeira classe, e seu congênere europeu provavelmente seria um sujeito empertigado um tanto seco e suscetível. Mas Dreyer não é nem seco nem suscetível. Tem um humor discreto e, como ex-fuzileiro naval, uma obstinação considerável. Certa vez descreveu uma noite típica que ele e sua mulher, Marinette, passaram com o amigo Tom Kugelman e a mulher dele. "Tom e eu começamos uma discussão sobre *Finnegans Wake*. Durou o jantar inteiro. Então as garotas disseram que estavam cansadas de nos ouvir e foram ao cinema. Tom e eu lavamos a louça e já eram dez horas e continuávamos discutindo e um ainda não tinha convencido o outro. Então pegamos uma cerveja na geladeira e fomos pro quintal. Tom está levantando um galpão, mas ainda não havia posto o telhado. Então ele me desafiou a fazer umas flexões, e começamos a fazer flexões na viga mestra da porta, e eu o derrotei por treze a onze."

George fica encantado com a história. De certo modo, é como a Grécia clássica.

"Bom dia, Russ."

"Bom dia, professor." Não é a diferença de idade que leva Dreyer a chamar George de "professor" e "senhor". Assim que encerrarem a relação semimilitar, ele passará a dizer George, ou mesmo Geo, sem hesitação.

Vão até a máquina de café, enchem as canecas, escolhem rosquinhas no balcão. Quando se dirigem ao caixa, Dreyer toma a dianteira com o dinheiro na mão. "Não — eu ofereço."

"Você sempre paga."

Dreyer sorri: "Estamos endinheirados porque botei Marinette pra trabalhar".

"Ela conseguiu o emprego de professora?"

"Acabou de começar. Claro, é só temporário. O único problema é que ela tem que acordar uma hora antes."

"Então você está preparando seu café da manhã?"

"Ah, eu me viro. Até ela conseguir um emprego mais perto. Ou eu engravidá-la." É evidente que ele curte essa coisa de homem para homem. (Será que sabe de mim?, George se pergunta, será que algum deles sabe? Ah, é bem provável. Mas eles não têm nenhum interesse. Não querem saber de meus sentimentos ou de minhas glândulas, de nada abaixo do pescoço. Eu poderia muito bem ter a cabeça decepada, conduzida numa bandeja até a sala para lhes dar aula.)

"Ah, por falar em Marinette", Dreyer diz, "ela queria que eu lhe perguntasse — será que em breve o senhor não viria nos visitar de novo? Poderíamos fazer uma pasta. E quem sabe Tom não leva aquela fita da qual lhe falei — a que eu consegui do audiovisual em Berkeley, da Katherine Anne Porter lendo os escritos dela..."

"Seria ótimo", responde George, vago mas com entusiasmo. Ele levanta os olhos para o relógio. "Escuta, a gente precisa ir!"

Dreyer não fica nem um pouco desconcertado pela resposta um tanto vaga. É provável que sua falta de vontade de receber George para jantar se equipare à falta de vontade de George de ir. Tudo, tudo é simbólico. Marinette lhe disse que convidasse, e ele convidou, e agora está registrado que George aceitou, pela segunda vez, o convite para ir à casa deles. E isso significa que George é um amigo íntimo e mais tarde poderá ser considerado um membro de seu círculo nos velhos tempos. Ah, sim, os Dreyer cumprirão fielmente a parte que lhes cabe para assegurar o posto de George dentre os grandes malas do passado. Ele consegue imaginar uma noite futura na década de 1990, quando Russ for o diretor do departamento de inglês no Meio Oeste e Marinette for mãe de filhos e filhas crescidos. Uma plateia de jovens monitores e suas mulheres, entretendo simbolicamente o casal Dreyer, ficará simbolicamente fascinada ao ver o diretor num *mood* anedótico, com um sorriso embriagado, vagando tartamudo por um labirinto de histórias intermináveis e sem graça, das quais George e muitos, muitos outros participarão, proferindo citações erradas. E Marinette, sempre sorrindo, ficará sentada, escutando com o terceiro ouvido — aquele que já ouviu tudo aquilo antes — e rezando para chegar as onze horas. E elas chegarão. E todos concordarão que a noite foi mesmo inesquecível.

Enquanto caminham até a sala de aula, Dreyer pergunta o que George acha do que o dr. Leavis falou do sr. Charles Snow. (Essas Coisas Velhas distantes e infelizes e suas batalhas longínquas ainda são uma grande novidade aqui no estado do Vale Modorrento.) "Bem, em primeiro lugar...", George começa.

Neste momento passam pelas quadras de tênis. Só uma está ocupada, dois rapazes jogam, cada um de um lado. O sol apareceu com um calor repentino e feroz em meio à bruma da neblina, e os dois estão quase nus. Não têm nada no corpo além de tênis e shorts de malha do tipo usado pelos ciclistas, muito curtos e justos, que se moldam às nádegas e virilhas. Estão totalmente alheios aos passantes, isolados e focados no jogo. Seria de imaginar que não há rede entre eles. A nudez faz com que pareçam próximos um do outro e diretamente opostos, corpo a corpo, como lutadores. Se fosse uma luta, no entanto, seria unilateral, pois o garoto da esquerda é bem menor. Talvez seja mexicano, tem cabelo preto, é bonito, felino, cruel, compacto, ágil, musculoso; movimentos ligeiros e graciosos. Seu corpo é de um marrom dourado escuro natural; tem uma penugem de cabelo crespo preto no peito, na barriga e nas coxas. Joga com força e rapidez, com maestria cruel, mostrando os dentes brancos sem sorrir quando bate na bola. Ele vai ganhar. Seu oponente, um louro grande, já sabe; em sua defesa, existe um cavalheirismo comovente. É de uma beleza meiga, nobremente construída, e no entanto seu corpo de um mármore cremoso e clássico lhe parece um estorvo. As regras do jogo o impedem de funcionar. Está lutando com uma desvantagem impossível. Devia descartar sua raquete inútil, pular a rede e forçar o gatinho dourado cruel a se sujeitar a seu poder de mármore. Mas não, ao contrário, o garoto louro aceita as convenções, se atém a elas, sofrerá derrota e humilhação mas não quebrará as regras. Sua grandeza e lourice irremediáveis lhe conferem um cavalheirismo ultrapassado. Ele joga limpo, é um perfeito esportista até perder o último ponto. E isso não seguirá lhe acontecendo ao longo da vida? Não vai continuar se metendo no tipo errado de jogo, no tipo de jogo que ele não nasceu para jogar, contra um adversário que é ágil, engenhoso e implacável?

O jogo é cruel, mas sua crueldade é sensual e desperta tesão em George. Ele tem uma sensação de prazer ao se dar conta de que seus sentidos reagiram com tanto entusiasmo; nos últimos tempos, em geral parecem tristemente embotados. De coração, agradece a esses jovens animais por sua beleza. E eles jamais saberão o que fizeram para tornar esse momento maravilhoso para ele, e a vida em si menos detestável...

Dreyer está dizendo: "Desculpe, senhor — me perdi por um instante. Entendo sobre as Duas Culturas, é claro — mas o senhor quer dizer que *concorda* com o dr. Leavis?". Longe de manifestar um pingo de interesse pelos tenistas, Dreyer caminha com metade do corpo de costas para eles; sua concentração inteira está fixa na cabeça falante de George.

Pois é óbvio que ela *vem* falando. George se dá conta disso com o mesmo embaraço que sentiu na autoestrada, quando a figura do motorista os levou direto ao centro. Ah, sim, ele sabe por experiência o que a cabeça falante é capaz de fazer, tarde da noite, quando está entediado, cansado e embriagado, para ajudá-lo a vencer uma festa chocha. É capaz de reproduzir todas as teorias prediletas de George, desde que não sejam contestadas; nesse caso, talvez fiquem confusas. Conhece pelo menos três dezenas de suas melhores anedotas. Mas *aqui*, em plena luz do dia, nas horas letivas, quando George deveria estar no palco todos os segundos, no controle total de sua interpretação! Será que a cabeça falante e o motorista estão em conluio? *Estariam planejando uma fusão?*

"Não dá tempo de entrarmos nessa questão agora", ele diz a Dreyer com tranquilidade. "E de qualquer modo eu gostaria de reler a conferência de Leavis. Ainda tenho aquele exemplar do *The Spectator* em casa, em algum canto, eu acho... Ah, aproveitando o ensejo, você leu aquele artigo sobre o Mailer, de cerca de um mês atrás — na *Esquire*, não foi? Foi uma das melhores coisas que vi nos últimos tempos..."

A sala de George tem duas portas em sua lateral mais comprida: uma na frente, a outra na parte de trás. A maioria dos alunos entra pela de trás porque, com uma teimosia ovina exasperante, eles adoram se amontoar, confrontando os professores atrás da barricada de carteiras vazias. Neste semestre, porém, o número de alunos é só um pouco inferior à capacidade máxima da sala. Os retardatários são obrigados a sentar cada vez mais na frente, para a satisfação íntima de George; por fim, precisam ocupar a segunda fila. Quanto à primeira, que a maioria evita com tanta obstinação, George a preenche com os habitués: Russ Dreyer, Tom Kugelman, a irmã Maria, o sr. Stoessel, a sra. Netta Torres, Kenny Potter, Lois Yamaguchi.

George nunca entra na sala acompanhado, seja de Dreyer, seja de qualquer outro estudante. Um instinto dramático bem arraigado o impede. Na verdade, só usa a sala dos professores para isso, para se recolher antes da aula com a única finalidade de reemergir e fazer sua entrada. Não recebe os alunos lá, pois essas salas são compartilhadas por no mínimo dois docentes, e o sr. Gottlieb, que leciona Poesia Metafísica, está quase sempre na sala. George não consegue conversar com outro ser humano como se os dois estivessem a sós se na verdade não estão. Mesmo uma pergunta inofensiva como "O que você *realmente* acha de Emerson?" soa de uma intimidade indecente, e uma crítica branda como "O que você escreveu é uma metáfora confusa e não tem sentido nenhum" soa desnecessariamente cruel quando o dr. Gottlieb está bem ali na outra mesa ouvindo ou, pior ainda, fingindo não ouvir. Mas é óbvio que Gottlieb não se sente assim. Talvez seja um escrúpulo peculiar dos britânicos.

Então agora, afastando-se de Dreyer, George entra na sala dos professores, que fica do outro lado do corredor. Gottlieb não está lá, milagrosamente. George espia pela janela, por entre as lâminas da persiana, e vê, ao longe, os dois tenistas ainda jogando. Ele tosse, passa o dedo pela lista telefônica sem olhá-la, fecha a gaveta vazia de sua mesa, que estava um pouquinho aberta. Então de repente ele se vira, tira a pasta do armário, sai do aposento e cruza o corredor até a porta da frente da sala de aula.

Sua entrada não é nada dramática, segundo os padrões convencionais. Porém, trata-se de um efeito calculadamente elaborado, afrontosamente teatral. Não fazem silêncio quando ele entra. A maioria dos estudantes continua conversando. Mas todos o observam, à espera de um sinal, mínimo que seja, de que a aula vai começar. Disso resulta uma tensão sutil mas crescente, causada pela recusa provocadora de George de fazer esse sinal e a determinação dos alunos de não parar de falar até que ele o faça.

Enquanto isso, ele fica ali de pé. Devagar, de propósito, como um mágico, tira um único livro da pasta e o deposita sobre a mesa. Ao fazer isso, seus olhos perscrutam o rosto dos estudantes. Seus lábios se curvam em um sorriso leve mas petulante. Alguns retribuem o sorriso. George acha esse confronto explícito extraordinariamente estimulante. Ele se fortalece com esses sorrisos, com esses olhos jovens radiantes. É um dos pontos altos de seu dia. Sente-se brilhante, fundamental, desafiador, um pouco misterioso e, acima de tudo, *estrangeiro*. Seu traje preto, elegante, a camisa branca e a gravata (a única da sala) contrastam ostensivamente com a informalidade viril e agressiva dos rapazes. A maioria usa tênis e meia branca de lã sem elástico; jeans no frio e shorts no calor (do tipo bermuda justa nas coxas; shorts mais curtos não são considerados muito decentes). Se estiver muito calor, eles dobram as mangas e às vezes deixam as camisas provocantemente desabotoadas para exibir os pelos crespos do peito e a medalha de são Cristóvão. Parecem prontos para, a qualquer instante, trocar o estudo pela escavação de fossos ou uma luta de gangues. Em comparação com as garotas, não passam de meninos desajeitados; todas elas já superaram a fase adolescente das calças capri, blusas soltas e cabeças agigantadas por cabelos afofados. São mulheres maduras e vão à aula vestidas como se para uma festa elegante.

Esta manhã George repara que todos seus habitués da primeira fila estão lá. Dreyer e Kugelman são os únicos a quem realmente pediu ajuda para preencher os vazios sentando-se ali; os outros têm suas razões pessoais para fazê-lo. Durante a aula, Dreyer o observa com uma compenetração animadora, mas George sabe que ele não está de fato impressionado. George sempre será um acadêmico amador aos olhos de Dreyer; seu diploma e sua formação são britânicos, logo, duvidosos. Porém ele é o Capitão, o Velho; e Dreyer, ao corroborar sua autoridade, corrobora a estrutura de valores que ele mesmo se propõe a galgar. Assim, deixa-o brilhar e impressionar os não iniciados — quer dizer, todos os que estão na sala. O engraçado é que Dreyer, com a consciência limpa da lealdade absoluta, sente-se à vontade para sussurrar a Kugelman, *seu* assistente, sempre que quer. Toda vez que isso acontece, George tem vontade de se calar e escutar o que dizem dele. Instintivamente, tem certeza de que Dreyer jamais sonharia em falar de mais ninguém em aula: *isso* seria falta de etiqueta.

A irmã Maria faz parte de uma ordem docente. Em breve obterá sua credencial e se tornará professora. Ela é sem dúvida uma jovem bondosa bastante normal e dedicada, desprovida de imaginação; sem dúvida senta na frente porque isso a ajuda a se concentrar, talvez até porque os garotos ainda lhe interessem um pouco e queira evitar olhá-los. Mas a maioria se sente abalada na presença de uma freira; e George, exposto à queima-roupa a essa noiva de Cristo com seu hábito medieval austero, fica nervoso, na defensiva. Um relutante recruta das legiões do Inferno, ele encara a soldada do Paraíso na linha de frente de uma guerra fria muitíssimo educada. Em todas as frases que lhe dirige, ele a chama de "irmã", o que provavelmente é justo o que ela não quer.

O sr. Stoessel senta na primeira fila porque é surdo e de meia-idade; recém-chegado da Europa, seu inglês é terrível.

A sra. Netta Torres também é de meia-idade. Parece estar cursando a matéria por mera curiosidade, ou para matar o tempo. Tem cara de divorciada. Senta na frente porque seu interesse é centrado franca e brutalmente em George em si. Ela o observa em vez de escutá-lo. Parece até "ler" suas palavras de forma indireta, por meio de um braile formado por seus gestos, inflexões, maneirismos. E essa análise quase palpável é acompanhada de um sorriso maternal — para a sra. Torres, George na verdade é só um garotinho, e muito fofo. Ele adoraria surpreendê-la e demovê-la de frequentar suas aulas lhe dando notas baixas. Mas é uma pena que não pode fazer isso. A sra. Torres, além de observar, escuta: pode repetir palavra por palavra o que ele andou dizendo.

Kenny Potter senta na primeira fila porque ele é o que hoje em dia se chama de zureta, o que significa apenas que ele tende a fazer o contrário do que a maioria das pessoas faz; não por princípio, e claro que não por agressividade. É provável que seja muito distraído para reparar nos modos e costumes da tribo, e preguiçoso demais para segui-los. É um garoto alto e magricelo, de ombros bem largos e corcundas, cabelo ruivo dourado, cabeça pequena, olhinhos azuis radiantes. Seria de uma beleza convencional caso não tivesse o nariz adunco, aliás um belo apêndice, muito divertido.

George se pega quase sempre ciente da presença de Kenny na sala; porém, isso não significa que o veja como aliado. Ah, não — jamais ousaria imaginar que Kenny é um dos seus. Às vezes, quando faz piada e Kenny dá sua risada sincopada, ou melhor, debochada, George se sente ridicularizado. Em outros momentos, quando a risada chega uma fração de segundo atrasada, George tem a sensação macabra de que Kenny ri não da piada mas da situação como um todo: o sistema educacional do país, e todas as forças econômicas, políticas e psicológicas que os juntaram ali na sala de aula. Nessas horas, George suspeita que Kenny compreende o sentido mais profundo da vida; que na verdade é uma espécie de gênio. (Basta examinar seus trabalhos de curso para ver que isso é impossível.) E no entanto talvez Kenny seja apenas jovem demais para a idade, e enganosamente charmoso, e tolo.

Lois Yamaguchi senta ao lado de Kenny porque é sua namorada; pelo menos, estão quase sempre juntos. Ela sorri para George de um jeito que o leva a se perguntar se ela e Kenny fazem piadas sobre ele; mas como afirmar alguma coisa sobre esses orientais enigmáticos? Alexander Mong também tem um sorriso enigmático; mas George tem quase certeza de que sua bela cabeça não contém nada além de grumos de tinta a óleo. Lois e Alexander são de longe as criaturas mais belas da sala: a beleza deles é como a beleza das plantas, aparentemente imperturbada por vaidade, ansiedade ou esforço.

Enquanto isso, a tensão aumenta. George continua a sorrir para os tagarelas, preservando seu silêncio incrível, melodramático e provocativo. E agora, por fim, depois de quase quatro minutos inteiros, o silêncio dele os venceu. A conversa vai diminuindo. Aqueles que já se calaram pedem silêncio aos outros. George triunfou. Mas esse triunfo dura apenas um instante. Pois agora é preciso quebrar o próprio feitiço. Agora é preciso abandonar o mistério e se revelar como um sujeito qualquer, o professor — a quem a classe tem de escutar, mesmo se ele babar ou gaguejar ou falar na língua dos anjos — que não está nem aqui nem lá. A classe tem de escutar George porque, em virtude dos poderes que lhe foram conferidos pelo estado da Califórnia, ele pode obrigá-los a considerar até seus preconceitos mais grosseiros, seus caprichos mais irresponsáveis, como pistas valiosas para resolver o problema de como impressionar, adular ou, no mais, ludibriar esse velho rabugento para que ele me dê uma nota boa.

Sim, infelizmente, agora ele precisa estragar tudo. Agora precisa falar.

"Também o cisne *morre*."

As palavras rolam pela língua de George numa harmonia tão afetada, com um prazer tão desavergonhado que parece uma paródia de W. B. Yeats recitando. (Ele desce no *morre* com um grande baque para compensar o *E* que Aldous Huxley cortou do começo do verso original.) Em seguida, tendo conseguido assustar ou constranger pelo menos alguns, olha a sala com um sorriso irônico e diz baixinho, como um diretor de escola: "Imagino que todos vocês já tenham terminado o romance de Huxley, uma vez que pedi que o lessem faz mais de três semanas".

De soslaio, ele percebe o evidente desalento de Buddy Sorensen, que não é inesperado, e o indignado dar de ombros do e-só-me-dizem-isso-*agora* de Estelle Oxford, que o preocupa mais. Estelle é uma de suas alunas mais inteligentes. Justamente por ser inteligente, parece que dentre todos os alunos negros da sala ela é a que tem mais consciência da cor de sua pele; na verdade, é hipersensível. George desconfia que ela o julga capaz de tudo quanto é tipo de discriminação. É provável que não estivesse na sala quando ele lhes mandou ler o romance. Droga, ele devia ter percebido e lhe dito depois. Sente-se um pouco intimidado por ela. E gosta dela e lamenta. E também não gosta de se sentir assim.

"Ah, bem", ele diz, da forma mais agradável possível, "se alguém ainda não leu, não tem muita importância. É só prestar atenção no que será dito esta manhã, e depois vocês podem ler e ver se concordam ou discordam."

Ele olha para Estelle e sorri. Ela retribui o sorriso. Bem, desta vez, está tudo bem.

"O título, claro, é uma citação de *Titono*, o poema de Tennyson. E, aliás, por falar nisso, *quem* foi Titono?"

Silêncio. Ele olha cada rosto. Ninguém sabe. Nem Dreyer sabe. E, Jesus, como é previsível! Titono não lhes diz respeito porque está a dois graus de distância do tema. Huxley, Tennyson, Titono. Estão preparados para ir até Tennyson, mas não para dar um passo além. A curiosidade deles termina aí. Porque, basicamente, *eles estão cagando e andando*...

"*Sério* que ninguém sabe quem foi Titono? Que ninguém se deu ao trabalho de pesquisar? Bem, então aconselho a *todos* que passem parte do fim de semana lendo *Os mitos gregos* de Graves *e* o próprio poema. Não é por nada não, mas não sei como alguém pode afirmar ter interesse por um romance se nem parou pra se perguntar o que o título quer dizer."

Esse jorro de irritação deixa George consternado assim que ele o descarrega. Ah, meu Deus, ele está ficando *detestável*! E o pior é que nunca sabe quando vai se comportar assim. Não dá tempo de se conter. Envergonhado, agora, e evitando os olhos de todos — sobretudo os de Kenny Potter — ele fixa o olhar no alto da parede oposta.

"Bom, pra começar do começo, uma vez Afrodite pegou Ares, que era seu amante, na cama com Eos, a deusa da aurora. (Melhor vocês aproveitarem para pesquisar *todos* eles.) Afrodite ficou furiosa, é claro, então condenou Eos a se apaixonar por belos garotos mortais — para ensiná-la a deixar em paz os deuses das outras." (Com essa fala George arranca risadinhas de alguém e fica aliviado; temera que tivessem se ofendido com a repreensão e emburrassem.) Ainda sem baixar os olhos, ele prossegue, com o sorriso transparecendo na voz. "Eos ficou morta de vergonha, mas logo se deu conta de que não conseguia se controlar e saiu raptando e seduzindo garotos da terra. Titono foi um deles. Na verdade, ela também carregou o irmão dele, Ganímedes — pra fazer companhia..." (Risadas mais altas, de vários cantos da sala, desta vez.) "Por desgraça, Zeus viu Ganímedes e se apaixonou loucamente por ele." (Se a irmã Maria está em choque, nada a fazer. George não olha para ela, mas para Wally Bryant — cuja reação conhece de sobra — e, como era de esperar, o garoto está se dobrando de rir.) "Então, sabendo que teria de abrir mão de Ganímedes de qualquer jeito, Eos perguntou a Zeus se ele, em troca, não poderia tornar Titono imortal. E Zeus disse: claro, por que não? E foi o que ele fez. Mas Eos era tão burra que esqueceu de pedir que ele também desse a Titono a juventude eterna, o que não teria sido difícil de providenciar; Selene, a deusa da Lua, fez isso pelo namorado, Endimião. O único problema era que Selene só tinha vontade de beijar, nada além disso, mas Endimião tinha outras ideias, e portanto ela o pôs para dormir o sono eterno, a fim de aquietá-lo. E qual é a graça de ser lindo para sempre se você não consegue nem acordar e se olhar no espelho?" (Quase todo mundo está sorrindo agora — sim, até a irmã Maria. George sorri para eles. Ele de fato detesta desentendimentos.) "Onde eu estava? Ah, sim — então o coitado do Titono foi aos poucos se tornando um velho repulsivamente imortal..." (Gargalhadas altas.) "E Eos, com a crueldade característica das deusas, se cansou dele e o deixou trancafiado. E ele foi ficando cada vez mais gagá, e sua voz cada vez mais esganiçada, até que um dia ele virou uma cigarra."

É um final desgraçadamente fraco. George não esperava que funcionasse, e não funcionou mesmo. O sr. Stoessel não entendeu nada e, enlouquecido, apela a Dreyer em sussurros desesperados. Dreyer lhe cochicha explicações, que geram ainda mais mal-entendidos. O sr. Stoessel por fim entende e exclama "Ach *so* — eine *Zikade*!" [Ah, é uma cigarra!], num tom repreensivo que insinua que é George — e todo o mundo anglo-americano — que erra a pronúncia da palavra. Mas a essa altura George recomeçou, agora com outra atitude. Já não faz questão de ser simpático ou divertido; ele lhes fala com vigor, com autoridade. É a voz de um juiz, convocando e acusando o júri.

"É óbvio por que Huxley escolheu dar esse título. No entanto, vocês terão que se perguntar até que ponto ele se aplica às circunstâncias da história. Por exemplo, a gente pode reconhecer no quinto conde de Gonister uma representação de Titono — e o conde acaba virando macaco, assim como Titono vira inseto. Mas o que dizer de Jo Stoyte? E do dr. Obispo? Ele parece muito mais o Mefistófeles de Goethe do que Zeus. E quem é Eos? Virginia Maunciple é que não é, não acham? Pra começo de conversa, tenho certeza de que ela não acorda cedo." Ninguém entende a piada. George às vezes ainda arrisca uma ou outra, apesar de toda a sua experiência, falando baixinho, ao estilo inglês. Um pouco contrariado por seu insucesso, ele prossegue, num tom quase desafiante: "Mas, antes de seguirmos em frente, vocês têm que decidir sobre o que *é* esse romance".

Eles passam o resto da aula decidindo.

A princípio, como sempre, faz-se um silêncio perplexo. A classe permanece sentada, contemplando, por assim dizer, essa palavra tão prodigiosa em termos semânticos. *Sobre. Sobre o que é?* Bem, o que George quer que eles digam sobre o que é o livro? Dirão que é sobre qualquer coisa que ele quiser, qualquer coisa mesmo. Pois, apesar da formação acadêmica, no fundo quase todos eles ainda consideram esse troço de *sobre* um lance sofisticado e chato. Quanto à minoria, que cultivou a metodologia do *sobre* até torná-la instintiva, que sonha um dia escrever um livro *sobre*, sobre Faulkner, James ou Conrad, provando definitivamente que todos os livros anteriores *sobre* o tema são sobre nada — eles não vão dizer nada por enquanto. Aguardam o momento em que, brilhantes detetives, poderão apresentar a solução do crime de Huxley. Nesse ínterim, que os pequenos tateiem. Que antes revolvam a lama.

A lama é cortesmente revolvida por Alexander Mong. Ele sabe o que está fazendo, é claro. Não é burro. Talvez até faça parte de sua filosofia como pintor abstrato considerar mera infantilidade qualquer coisa figurativa. Um ocidental ficaria agressivo, mas não Alexander. Com aquele belo sorriso chinês, ele diz: "É sobre um cara rico que tem ciúmes porque tem medo de ser velho demais para a namorada, e acha que o cara jovem está tentando conquistá-la, só que não está, e esse carinha não tem esperança, porque ela e o doutor já estão envolvidos. Então o cara rico atira no cara jovem por engano, e o doutor acoberta tudo e depois eles todos vão à Inglaterra e descobrem o personagem do conde, que está no porão fazendo macaquices com uma mulher...".

Risadas estrepitosas. George leva na esportiva e diz: "Você esqueceu do sr. Pordage e do sr. Propter — o que eles fazem?".

"Pordage? Ah, sim — é ele quem descobre que o conde está comendo aqueles peixes malucos..."

"Carpas."

"Isso mesmo... E Propter..." Alexander sorri e coça a cabeça, se fazendo de palhaço. "Desculpe, senhor. Queira me desculpar. Já passava das duas e meia da madrugada quando fui pra cama tentando entender o lance. Poxa! Não curto essas coisas."

Mais risadas. Alexander tinha cumprido sua função. Já havia apresentado o resumo, de forma encantadora, para os filisteus. Agora as línguas estavam soltas e a investigação poderia começar.

Aqui estão algumas das constatações:

> O sr. Propter não devia ter falado que o ego é irreal: isso prova que não tem fé na natureza humana.
>
> O romance é de um misticismo árido e abstrato. De qualquer modo, de que nos serve a eternidade?
>
> O romance é inteligente mas cético. Huxley devia se concentrar mais nas emoções humanas.
>
> O romance é um maravilhoso sermão espiritual. Ensina que não devemos sondar os mistérios da vida. Melhor não mexer com a eternidade.
>
> Huxley é um maluco adorável. Quer se livrar das pessoas e tornar o mundo seguro para os animais e os espíritos.
>
> Dizer que o tempo é maligno porque o mal acontece no tempo é como dizer que o oceano é um peixe porque os peixes acontecem no oceano.
>
> O sr. Propter não tem vida sexual. Isso o torna pouco convincente como personagem.
>
> A vida sexual do sr. Pordage não é convincente.
>
> O sr. Propter é um democrata jeffersoniano, um anarquista, um bolchevique, um proto-John-Bircher.
>
> O sr. Propter é um escapista. Fica evidente por sua conversa com Pete sobre a Guerra Civil da Espanha. Pete era um cara legal até sofrer uma lavagem cerebral do sr. Propter e ter um colapso nervoso e começar a acreditar em Deus.
>
> Huxley entende mesmo as mulheres. Fazer Virginia ter uma lambreta cor-de-rosa foi genial.

E assim por diante... George fica ali de pé, sorrindo e falando pouco, deixando que se divirtam. Ele faz a mediação do debate como o encarregado de uma barraca de tiro ao alvo numa quermesse, incentivando o público a acertar na mosca; é pura diversão. No entanto, certas regras básicas devem ser cumpridas. Quando alguém começa a falar de mescalina e ácido lisérgico, sugerindo que o sr. Huxley é praticamente um viciado em drogas, George refuta a insinuação no ato. Quando alguém timidamente tenta transformar a obra num *roman à clef* — não haveria alguma conexão entre certa dama conhecida e o fato de Jo Stoyte dar um tiro em Pete? — George lhe diz que de jeito nenhum: *aquele* conto de fadas foi detonado na década de 1930.

E agora vem a pergunta que George vinha esperando. É feita, claro, por Myron Hirsch, infatigável inquisidor dos góis. "Senhor, aqui na página 79, o sr. Propter diz que o trecho mais idiota da Bíblia é *odiaram-me sem causa.* Ele quer dizer que os nazistas tinham razão em odiar os judeus? Huxley é antissemita?"

George respira fundo. "Não", responde com delicadeza.

E então, depois de um momento de silêncio ansioso — a brusquidão de Myron pegou a classe desprevenida — ele repete, em voz alta e assertiva: "Não... O sr. Huxley *não* é antissemita. Os nazistas *não* tinham razão em odiar os judeus. Mas o ódio que tinham pelos judeus *não* era desprovido de motivo. Ninguém *nunca* odeia sem motivo...

"Vejam — vamos deixar os judeus de fora dessa, está bem? Independentemente de qualquer posição, hoje em dia é impossível discutir os judeus com objetividade. Talvez não seja possível nos próximos vinte anos. Então vamos pensar em termos de alguma outra minoria, qualquer uma que vocês queiram, mas uma pequena — que não seja organizada e não tenha comitês para se defender..."

George fixa em Wally Bryant um olhar intenso e brilhante que diz "estamos juntos nessa minoriazinha". Wally é rechonchudo e tem o rosto pálido, e seu cuidado em pentear o cabelo ondulado, lixar e polir as unhas e fazer as sobrancelhas de leve só o torna muito menos apetitoso. É óbvio que entendeu o olhar de George. Fica constrangido. Tudo bem! Agora George vai lhe ensinar uma lição que ele nunca mais vai esquecer. Vai virar os olhos dele para dentro de sua alma tímida. Vai lhe dar coragem para jogar fora a lixa de unha e encarar a verdade de sua vida...

"Hoje, por exemplo, as pessoas sardentas não são consideradas minoria pelas que não têm sardas. E *não são* uma minoria no sentido que estamos falando. E por que não? Porque uma minoria só é considerada minoria quando constitui uma certa ameaça à maioria, real ou imaginária. E nenhuma ameaça é *totalmente* imaginária. Alguém aqui discorda? Se discorda, basta se perguntar: o que essa minoria específica faria se de repente se tornasse maioria, da noite pro dia? Entendem o que eu quero dizer? Bem, se não entendem, reflitam!

"Pois bem, então surgem os liberais, os progressistas — entre os quais se incluem todos que estão nesta sala, creio eu —, e eles dizem 'as minorias são pessoas normais, que nem a gente'. Claro, as minorias são pessoas; *pessoas*, não anjos. Claro, são que nem a gente — mas não *exatamente* que nem a gente; afirmar o contrário é sucumbir à conhecida histeria liberal, que consiste no engano de dizer que a gente, sinceramente, não vê nenhuma diferença entre um negro e um sueco..." (Por que, por que George não ousou dizer "entre Estelle Oxford e Buddy Sorensen"? Talvez, se tivesse ousado, houvesse uma explosão atômica de risadas, e todos se abraçariam, e o reino dos céus começaria, bem aqui na sala de aula 278. Por outro lado, talvez não começasse.)

"Portanto, vamos falar a verdade: as minorias são compostas de pessoas que provavelmente não se parecem conosco, que pensam e agem de forma diferente da nossa, e têm defeitos que nós não temos. Talvez a gente não goste da aparência e do jeito de agir dessas pessoas, e talvez a gente odeie seus defeitos. E é *melhor* a gente assumir que não gosta delas e que as odiamos do que tentar esconder nossos sentimentos por causa de um sentimentalismo pseudoliberal. Se formos francos quanto a nossos sentimentos, teremos uma válvula de escape segura; se tivermos uma válvula de escape, na verdade ficaremos menos propensos a encetar perseguições... Sei que essa teoria é antiquada hoje. Todos continuamos tentando acreditar que, se a gente ignorar uma coisa por tempo suficiente, ela some...

"Onde eu estava? Ah, sim... Bem, agora, vamos supor que essa minoria seja perseguida, não interessa o porquê — motivos políticos, econômicos, psicológicos — sempre *existe* motivo, por mais errado que ele seja — é isso que sustento. E, claro, a perseguição em si é sempre errada, tenho certeza de que todos concordamos nisso... Mas o pior é que agora incorremos em outra heresia liberal. *Porque* a maioria perseguidora é vil, diz o liberal, *portanto* a minoria perseguida deve ser de uma pureza imaculada. Dá pra perceber o contrassenso? O que impede que o mau seja perseguido pelo pior? Teriam sido santas todas as vítimas cristãs sacrificadas na arena?

"E digo mais. Uma minoria tem seu próprio tipo de agressão. Ela desafia a maioria a atacá-la. Odeia a maioria — não sem motivo, admito. Chega a odiar outras minorias — porque todas as minorias travam uma competição, todas alegam que seus sofrimentos são os piores e as injustiças que lhes fazem são as mais tenebrosas. E quanto mais todas elas odeiam, e quanto mais todas elas são perseguidas, mais sórdidas elas se tornam! Vocês acham que alguém se torna sórdido sendo amado? Claro que não! Então por que as pessoas se tornariam bondosas sendo detestadas? Enquanto você é perseguido, você odeia o que está te acontecendo, odeia as pessoas que estão fazendo isso acontecer, está num mundo de ódio. Ora, você não reconheceria o amor se o encontrasse! Desconfiaria do amor! Acharia que tem algo por trás — segundas intenções — uma enganação..."

A essa altura, George já não sabe o que demonstrou ou contestou, qual lado, se há algum, se está defendendo, ou do que exatamente está falando. E no entanto essas frases escapuliram de sua boca com um fervor genuíno. Quis dizer cada uma delas, fizessem sentido ou não. Ele as dispensou como golpes de chicote, para despertar Wally, e Estelle também, e Myron, e todos eles. Quem tiver ouvidos que ouça...

Wally continua com uma expressão constrangida — mas não, nem chicoteado nem desperto. E agora George toma ciência de que os olhos de Wally já não estão em seu rosto: estão levantados e focados em algum ponto atrás dele, na parede acima de sua cabeça... E então, ao observar rapidamente a sala inteira, hesitando, perdendo o ímpeto, ele vê todos os outros pares de olhos também levantados — focados na droga do relógio. Não precisa se virar e constatar com os próprios olhos; sabe que deve ter ultrapassado seu horário. Bruscamente ele se interrompe, dizendo-lhes: "Vamos continuar na segunda-feira". E todos se levantam no mesmo instante, recolhendo os livros, entabulando conversas.

Bem, afinal de contas, o que mais se pode esperar? Eles precisam correr, a maioria deles, para chegar a outra sala dali a dez minutos. Ainda assim, George fica puto. Já fazia muito tempo que não se deixava levar desse jeito, e bem no final do semestre. Que humilhação! O tolo e velho professor se entusiasma, tagarelando e ignorando o relógio, e a classe suspira resignada: "Ele derrapou de novo!". Só por um instante George os odeia, odeia aquela indiferença de fundo, grosseira, quando escoam rapidamente da sala. Mais uma vez alguém ofereceu o diamante por um tostão, e lhe deram as costas com uma encolhida de ombros e um sorriso, achando que o velho mascate não bate bem.

Então ele sorri com uma benevolência especial aos três que ficaram na sala para lhe fazer perguntas. Mas a irmã Maria só quer saber se na prova final o professor vai exigir a leitura de todos aqueles livros que o sr. Huxley menciona no romance. George pensa que seria divertido responder que sim, inclusive *Os 120 dias de Sodoma*. Mas não diz, é claro. Ele a tranquiliza e ela vai embora feliz, sua carga acadêmica muito mais leve.

E em seguida Buddy Sorensen quer apenas se desculpar. "Desculpe, professor — não li o Huxley porque achei que o senhor fosse falar com a gente do livro antes." Seria pura idiotice ou astúcia? George não quer se dar ao trabalho de tentar descobrir. "Não à bomba nuclear!", ele diz, olhando para o bottom de Buddy, e Buddy, a quem ele já tinha dito aquilo antes, sorri com alegria: "Isso, professor, não mesmo!".

A sra. Netta Torres quer saber se o sr. Huxley tinha em mente algum vilarejo inglês de verdade como modelo para sua Gonister. George não sabe, só pode dizer que, no último capítulo, quando Obispo, Stoyte e Virginia estão à procura do quinto conde, eles parecem sair de Londres rumo a sudoeste. Então, o mais provável é que Gonister fique em algum lugar de Hampshire ou Sussex... Mas agora fica claro que a pergunta da sra. Torres não passou de pretexto. Ela abordou o assunto para lhe contar que passou três semanas inesquecíveis na Inglaterra, dez anos atrás. Só que a maior parte do tempo foi na Escócia, e depois em Londres. "Sempre que o senhor está falando com a gente", ela diz, enquanto seus olhos investigam fervorosamente o rosto de George, "fico me lembrando daquele sotaque lindo. Soa como música." (Ele fica muito tentado a perguntar exatamente a qual sotaque ela se refere. Será que é o das classes baixas ou das altas?) E agora a sra. Torres quer saber o nome da cidade onde ele nasceu, e ele lhe diz, e ela nunca ouviu falar. Ele se aproveita de sua frustração momentânea para interromper o tête-à-tête.

Mais uma vez a sala compartilhada de George se mostra útil: ele recorre a ela para escapar da sra. Torres. Encontra o dr. Gottlieb.

Gottlieb está empolgado porque acaba de receber da Inglaterra um livro novo sobre Francis Quarles, escrito por um catedrático de Oxford. É provável que ele saiba tanto sobre Quarles quanto o autor. Mas Oxford, elevando-se em toda a sua majestade por trás do catedrático, filho seu, intimida por completo o pobre coitado do Gottlieb, que nasceu em um dos piores bairros de Chicago. "Com isso a gente percebe", ele diz, "*a formação* necessária para levar a cabo um trabalho desse porte." E George se entristece e se deprime, pois é óbvio que Gottlieb gostaria, mais do que tudo, de se transformar nesse catedrático infeliz e escrever ao estilo de sua prosa ácida, empertigada e viperina.

Depois de folhear o livro por um instante, com o devido respeito, George decide comer alguma coisa. Ao sair do edifício, as primeiras pessoas que avista são Kenny Potter e Lois Yamaguchi. Estão sentados no gramado, debaixo de uma das árvores recém-plantadas. A árvore deles é ainda menor do que as outras, não tem nem uma dezena de folhas. Sentar-se debaixo dela é ridículo, e talvez seja justamente por isso que Kenny a escolheu. Os dois parecem duas crianças brincando que encalharam num atol do Pacífico Sul. Ao pensar nisso, George lhes sorri. Eles retribuem o sorriso, e então Lois cai na risada, em seu estilo japonês envergonhado e gracioso. George passa bem rente à margem do atol, como o faria um barco a vapor, sem parar. Lois parece intuir isso, pois lhe acena com alegria, exatamente como se acena para um barco a vapor, com um gesto encantadoramente delicado de seu punho e mão pequeninos. Kenny também acena, mas é duvidoso que *ele* intua: segue apenas o exemplo de Lois. De qualquer modo, o aceno deles enternece o coração de George, que acena de volta. O velho barco a vapor e os jovens náufragos trocaram sinais — mas não pedidos de socorro. Respeitam a privacidade alheia. Não querem envolvimento. Simplesmente desejam o bem uns dos outros. De novo, como ao cruzar com os tenistas, George sente que seu dia clareou; dessa vez, porém, a emoção não é nem um pouco perturbadora. É pacata, radiante. Ele segue navegando até o refeitório, sorrindo sozinho, sem vontade de olhar para trás.

Mas então escuta "professor!" bem às suas costas, e se vira e é Kenny. Ele correu sem fazer barulho, com seus tênis. George imagina que vá lhe fazer alguma pergunta específica, como qual livro vão ler em seguida, e depois ir embora. Mas não, Kenny passa a andar a seu lado, comentando em tom prosaico: "Tenho que ir à livraria". Não pergunta se George está indo à livraria e George não lhe diz que não era o que planejava.

"O senhor já tomou mescalina?"

"Já, uma vez. Em Nova York. Faz uns oito anos. Na época não havia nenhuma regulamentação proibindo a venda. Entrei na farmácia e pedi um pouco. Eles nunca tinham ouvido falar, mas me arrumaram uns dias depois."

"E o senhor viu coisas, teve tipo visões místicas e tal?"

"Não. Não o que você chamaria de visões. No começo, fiquei mareado. Não muito. E um pouco assustado, claro. Como teria se sentido o dr. Jekyll depois de tomar sua droga pela primeira vez... E então certas cores começaram a ficar bem vivas e se destacaram. Não entendia por que ninguém percebia isso. Me lembro de uma bolsa vermelha sobre a mesa de um restaurante — era um escândalo público! E o rosto das pessoas vira uma caricatura; quer dizer, você parece ver a essência de todo mundo, e é bem crua e simplificada. Uma pessoa é de uma vaidade absurda, e outra é doente de tanta ansiedade, e outra está louca pra puxar briga. E depois você vê alguns poucos que são simplesmente lindos, só porque não são ansiosos ou agressivos: aceitam a vida como ela é… Ah, e tudo se torna cada vez mais tridimensional; as cortinas ficam pesadas e parecem esculturas, a madeira se enche de veios. E as flores e plantas ficam supervivas. Me lembro de um vaso de violetas — não se mexiam, mas você sabia que poderiam se mexer, todas elas eram serpentes empinadas, imóveis em suas espirais… E então, enquanto o troço funciona com toda a força, é como se as paredes da sala respirassem, e tudo ao redor; e os veios da madeira começam a fluir, como se fossem líquidos… E aos poucos tudo se acalma, volta ao normal. Não dá ressaca. Depois me senti ótimo. Comi muito no jantar."

"O senhor não tomou outra vez?"

"Não. Me dei conta de que não queria muito. Foi só uma experiência. Dei o restante das cápsulas a amigos. Um deles viu basicamente o mesmo que eu, outro não viu nada. E uma me contou que nunca tinha sentido tanto medo na vida. Mas desconfio que disse isso só por educação. Como quem agradece por uma festa…"

"Não sobrou nenhuma dessas cápsulas, por acaso?"

"Não, Kenny, não sobrou! E, mesmo se tivesse sobrado, eu não as distribuiria entre os alunos. Consigo imaginar maneiras bem mais divertidas de ser expulso daqui."

Kenny sorri. "Desculpe, professor. Só estava me perguntando… Acho que, se eu realmente quisesse, eu conseguiria o bagulho. Dá pra conseguir quase tudo, bem aqui no campus… Um amigo da Lois tem. *Ele* afirma que quando tomou viu Deus."

"Bom, talvez ele tenha visto. Talvez eu não tenha tomado o suficiente."

Kenny olha George de cima. Parece achar graça. "Sabe de uma coisa? Aposto que se o senhor *tivesse* visto Deus não contaria pra gente."

"Por que você diz isso?"

"É a tese de Lois. Ela acha que o senhor é — bem, meio cauteloso. Como hoje de manhã, quando ficou ouvindo toda aquela porcaria que a gente falou sobre Huxley..."

"Não vi *você* falando muita coisa. Acho que você não deu nem um pio sequer."

"Fiquei observando o senhor... Sem brincadeira, acho que a Lois tem razão! O senhor deixa a gente falar, e depois nos corrige, e não estou dizendo que o senhor não nos ensina muita coisa interessante — ensina, sim —, mas nunca nos diz *tudo* o que sabe de um assunto..."

George se sente lisonjeado e animado. Kenny nunca tinha falado assim com ele. Não resiste a entrar no papel que Kenny lhe oferece de forma tão tentadora.

"Bom, talvez seja verdade, até certo ponto... Veja, Kenny, há certas coisas que você nem *sabe* que sabe até que alguém pergunte."

Chegaram às quadras de tênis. Estão todas ocupadas agora, salpicadas de figuras em movimento. Mas George, com o olhar reptiliano de um viciado veterano, já notou que o par daquela manhã foi embora, e que nenhum dos jogadores é fisicamente atraente. Na quadra mais próxima, um docente gordo de meia-idade se esforça contra uma garota de pernas não depiladas.

"Alguém tem que fazer uma pergunta", George prossegue, expressivo, "para que você possa responder. Mas é muito raro encontrar alguém que faça as perguntas certas. A maioria não está muito interessada..."

Kenny está em silêncio. Estará ponderando? Será que vai lhe fazer uma pergunta agora? Ansioso, George sente o pulso acelerar.

"Não é que eu *queira* ser cauteloso", ele diz, cravando os olhos no chão para manter a declaração o mais impessoal possível. "Sabe, Kenny, volta e meia eu sinto vontade de *contar* coisas, *discutir* coisas, com toda a franqueza do mundo. Não digo em aula, é claro, não daria certo. Alguém com certeza entenderia mal..."

Silêncio. George dá uma espiada em Kenny, vê que ele olha, aparentemente sem interesse, para a garota peluda. Talvez nem esteja prestando atenção. Não dá pra saber.

"Vai ver que o amigo da Lois não viu Deus, no final das contas", Kenny diz de repente. "Quer dizer, talvez estivesse se enganando. Quer dizer, não muito tempo depois de tomar o troço, ele teve um surto. Passou três meses internado numa clínica. Falou pra Lois que durante o surto ele se tornou um diabo, e conseguia apagar estrelas. Juro! Disse que conseguia apagar sete de cada vez. Mas ficou com medo da polícia. Falou que a polícia tinha uma máquina de pegar diabos e dar cabo deles. Era chamada máquina de MO — MO é OM, o senhor sabe, a palavra indiana para Deus, de trás pra frente."

"Se a polícia exterminasse os diabos, isso significaria que eles eram anjos, não? Bom, faz sentido, sem sombra de dúvida. Um lugar onde policiais são anjos só poderia ser um hospício."

Kenny ainda está gargalhando quando chegam à livraria. Quer comprar um apontador. Eles têm aqueles de plástico, vermelho, verde, azul ou amarelo. Ele pega o vermelho.

"O que o senhor queria comprar?"

"Ah, na verdade, nada."

"Quer dizer que andou até aqui só pra me fazer companhia?"

"Claro. Por que não?"

Kenny parece sinceramente surpreso e satisfeito. "Bem, acho que o senhor merece alguma coisa por causa disso! Aqui, professor, pegue um. É por minha conta."

"Ah, mas... bom, obrigado!" George cora um pouco. É como se tivessem lhe oferecido uma rosa. Escolhe um apontador amarelo.

Kenny sorri: "Eu meio que achava que o senhor escolheria o azul".

"Por quê?"

"Não tem o lance de que azul é espiritual?"

"O que te leva a pensar que eu quero ser espiritual? E por que você escolheu o vermelho?"

"O que o vermelho significa?"

"Ira e luxúria."

"Sério?"

Permanecem em silêncio, com sorrisos quase íntimos. George tem a impressão de que, mesmo que essa conversa de duplo sentido não os tenha levado a se entender melhor, o não entendimento, a disposição de continuar o mal-entendido é em si uma espécie de intimidade. Em seguida, Kenny paga os apontadores e acena com um gesto que insinua uma despedida casual e sem deferência: "Vejo o senhor por aí".

Ele sai andando. George fica mais alguns minutos na livraria, para que não pareça que ele o está seguindo.

Se o ato de comer é um sacramento, o refeitório dos docentes é um dos templos mais soturnos e sóbrios dos quacres. Não se faz nenhuma concessão ao ritual do alimento reconfortante e apetitoso desfrutado em companhia. O salão é um antirrestaurante. Limpo demais, com suas mesas de aço inoxidável e plástico; organizado demais, com suas lixeiras metálicas marrons para guardanapos e copos de papel usados; e tranquilo demais, se comparado ao refeitório dos estudantes, sempre barulhento. Seu sossego é apático, constrangido, envergonhado. E nem mesmo a idade de seus frequentadores o faz venerável ou ao menos formidável, como uma mesa de Oxford ou Cambridge. A maioria das pessoas é relativamente nova, George é um dos mais velhos.

Nossa, é triste, triste ver, em tantos daqueles rostos — sobretudo dos jovens —, um olhar derrotado e deprimido. Por que se sentem assim quanto à vida? Claro, são mal pagos. Claro, não têm grandes perspectivas do ponto de vista econômico. Claro, não podem gozar do convívio com executivos de empresas. Mas não é um consolo privar com estudantes que ainda estão três quartos vivos? Não traz satisfação nenhuma ser *útil*, em vez de ajudar a produzir bens de consumo inúteis? Já não é alguma coisa saber-se membro de uma das poucas profissões neste país que não são irremediavelmente corruptas?

Para esses caras deprimidos, parece que não. Gostariam de dar o fora, se ousassem tentar. Mas se prepararam para essa função e agora têm de ir até o fim. Desperdiçaram o tempo em que deveriam ter aprendido a trapacear e roubar e mentir. Eles se isolaram da maioria — dos intermediários, dos mascates, dos lobistas — adquirindo diligentemente todo esse conhecimento árido, desacreditado; desacreditado, por assim dizer, pelo intermediário, que pode sobreviver sem tê-lo. O intermediário só quer seus produtos, seus empregos práticos. Esses professores são uns otários, ele diz. De que vale saber uma coisa se não dá para ganhar dinheiro com ela? E os deprimidos bem que concordam com ele, e no fundo sentem vergonha de não serem espertos e desonestos.

George se dirige ao bufê. Garçonetes servem carne assada, legumes ou sopa, que retiram de caçarolas fumegantes. Também oferecem salada, torta de frutas ou uma gelatina de aspecto sinistro, semitransparente, com veios de um verde brilhante. Quem olha para uma dessas, com um fascínio relutante, como se encarasse algo atrás do vidro no viveiro dos répteis, é Grant

Lefanu, o jovem professor de física que escreve poesia. Grant é o exato oposto da prostração e está longe de se sentir derrotado; George o adora. Ele é pequeno e magro, usa óculos, tem uns dentões que se mostram num sorriso desvairado da genuína paixão intelectual. É fácil imaginá-lo como um dos terroristas da Rússia tsarista de cem anos atrás. Se tivesse a oportunidade, seria o tipo de herói fanático que segue uma ideia sem hesitar, naturalmente, até transformá-la em ação. A conversa de estudantes pálidos de olhos lacrimejantes, todos anarquistas e utopistas, tomando chá e fumando cigarros numa sala trancada, muito depois da meia-noite, é traduzida na manhã seguinte, numa inocência absoluta, no lançamento da bomba, no grito da palavra de ordem arrogante, na detenção do jovem que sonha e, ainda sorridente, é arrastado até a masmorra e o pelotão de fuzilamento. No rosto de Grant é comum vislumbrar tal sorriso — de constrangimento, quase, por se expressar de forma tão crua. Um resmungão tímido que de repente, no desespero, fala alto demais.

A bem da verdade, há pouco tempo Grant protagonizou pelo menos um pequeno ato de heroísmo. Compareceu ao tribunal como testemunha de defesa de um livreiro flagrado vendendo um clássico erótico antigo, da década de 1920; antes só era possível obtê-lo na América Latina, mas agora, por meio de uma série de precedentes, está lutando por seu direito de ser devorado pela juventude americana. (George não tem como ter certeza absoluta de que é o mesmo livro que ele leu quando jovem, numa viagem a Paris. De qualquer modo, lembra-se de ter jogado na lixeira esse ou outro livro bem parecido, no meio da grande cena da foda. Não que não tenha a cabeça aberta, está fora de discussão: que escrevam sobre heterossexualidade se necessário for, e deixem que leia quem quiser. Ainda assim é um tédio mortal e, para ser franco, um pouquinho repugnante. Por que esses escritores modernos não são capazes de seguir os velhos temas simples e salutares — como, por exemplo, garotos?)

O heroísmo de Grant Lefanu, na ocasião, consistiu na defesa do livro, arriscando seu pescoço acadêmico. Pois um membro importantíssimo e antigo do corpo docente do STSC já tinha servido de testemunha de acusação e garantira que o livro era imundo, depravado e perigoso. Quando Grant foi chamado ao banco de testemunhas e interrogado pelo promotor público, com seu sorriso tímido ele pediu licença para discordar do colega. Por fim, depois de algumas alfinetadas e de ser admoestado três vezes por falar muito baixo, ele declarou que não era o livro, mas seus críticos que mereciam os três adjetivos. Para piorar a situação, um dos colunistas liberais da região publicou, exultante, tudo isso, atribuindo ao velho docente o papel de imbecil reacionário e a Grant o de jovem vivaz, protetor da liberdade civil, e acabou por transformar seu depoimento em ofensa pessoal. Portanto, agora a pergunta é: Grant terá sua estabilidade prolongada quando terminar o ano acadêmico?

Grant trata George como um colega de subversão, um elogio que George nem de longe merece, já que, com seu tempo de serviço, sua licença para interpretar o excêntrico britânico e, em último caso, sua pouca renda que não depende da universidade, ele pode se dar ao luxo de dizer praticamente o que quiser no campus. Já Grant não tem renda nenhuma, tem mulher e três filhos gerados por imprudência.

"Quais as novas?", George lhe pergunta, dando a entender: o que o Inimigo anda tramando?

"Sabe esses cursos para os aspirantes a policiais? Hoje um enviado especial de Washington vai lhes revelar vinte formas de descobrir um comuna."

"Está brincando!"

"Vamos? A gente podia fazer umas perguntas incômodas."

"A que horas é?"

"Quatro e meia."

"Não posso. Tenho que estar no centro da cidade daqui a uma hora."

"Pena."

"Pena", George concorda, aliviado. Não tem certeza se foi um desafio genuíno ou não. Várias outras vezes, no mesmo tom meio sério, Grant sugeriu que fossem atrapalhar uma reunião da John Birch Society, fumar maconha no Watts com o melhor poeta desconhecido da América, conhecer algum dirigente do movimento muçulmano negro. George não acredita que esteja sendo testado pelo colega. Grant faz essas coisas de vez em quando, e não passa por sua cabeça que George possa ter medo. Provavelmente imagina que ele dê desculpas para se safar desses programas por temer se entediar.

Enquanto seguem até a bancada para arrematar a refeição com apenas uma salada e um café — George está de olho no peso e Grant tem o apetite tão exíguo quanto sua compleição —, Grant fala de um conhecido que andou conversando com alguns especialistas de uma grande firma de computadores. Esses especialistas dizem que, mesmo se houver uma guerra, vai sobreviver gente suficiente para administrar o país. Claro, as pessoas que sobrevivem tendem a ser ricas e influentes, já que dispõem de abrigos mais seguros, nada a ver com as ciladas cheias de goteiras que um monte de inescrupulosos vem oferecendo a preço de banana. Quando você constrói seu abrigo, dizem os especialistas, precisa procurar pelo menos três fornecedores diferentes, assim ninguém fica sabendo o que é que você está construindo; porque, se começar a circular o boato de que você tem um abrigo de mais qualidade, você será cercado na primeira emergência. Por esse mesmo motivo, é preciso ser realista e comprar uma arma semiautomática. Não é hora de falso sentimentalismo.

George ri de um jeito adequadamente sarcástico, pois é o que Grant espera dele. Mas esse humor negro lhe parte o coração. Em todas as crises da década de 1920, de 1930, da guerra — todas elas deixaram marcas em George, como uma doença — o terrível foi o medo da aniquilação. Agora temos um medo ainda mais terrível, o medo da sobrevivência. Sobrevivência em uma Era dos Escombros, na qual será bastante natural que o sr. Strunk atire em Grant e em sua mulher e seus três filhos, pois Grant não estocou comida suficiente e estão esfomeados e portanto talvez se tornem perigosos e não é hora de sentimentalismo.

"Olha lá a Cynthia", diz Grant, quando voltam ao refeitório. "Vamos sentar com ela?"

"Precisamos fazer isso?"

"Acho que sim." Grant dá um risinho nervoso. "Ela já nos viu."

E de fato Cynthia Leach lhes acena. É uma bela nova-iorquina jovem, formada na faculdade Sarah Lawrence, filha de uma família abastada. Talvez em certa medida para irritá-los, há pouco se casou com Leach, professor de história lá. Mas seu casamento parece funcionar bem. Apesar de Andy ser magrelo e pálido, não é frágil: seus olhos têm um brilho sexy e ele tem a flexibilidade não agressiva de quem aguenta um bocado de exercício na cama. Ainda que não provenha do mesmo ambiente de Cynthia, sem dúvida curte o esforço extra que tem de fazer para acompanhá-la. Dão festas concorridas porque os comes e bebes são de primeira, graças ao dinheiro dela, e Andy de qualquer forma é popular e Cynthia não é tão ruim assim. Seu único problema é que se acha uma aristocrata da Costa Leste que se mistura com inferiores; tenta ser nobre e é apenas paternalista.

"Andy me deu o bolo", Cynthia diz. "Conversem comigo." Então, quando se sentam à mesa, ela se vira para Grant. "Sua mulher jamais vai me perdoar."

"Como assim?", Grant ri bastante constrangido.

"Ela não te contou?"

"Não estou sabendo de nada!"

"Não mesmo?" Cynthia está decepcionada. Em seguida, se anima: "Ah, mas ela *deve* estar zangada comigo! Eu disse que as roupas que as crianças vestem aqui são medonhas".

"Mas ela concordou com você, tenho certeza. Ela vive falando isso."

"Estão lhes sonegando a infância", declara Cynthia, ignorando o que ele disse. "Estão transformando as crianças em *pequenos consumidores*! Todas aquelas belas criaturinhas pavorosas usando batom! Estive no México no mês passado. Foi uma lufada de ar fresco. Ah, nem queiram saber! As crianças lá são tão reais. Sem ansiedade. Sem modinhas. Elas simplesmente florescem..."

"A única pergunta é...", Grant começa. É evidente que vai discordar dela. E por isso mesmo ele emite um murmúrio quase inaudível. Cynthia opta por não ouvi-lo.

"E naquela noite em que atravessamos a fronteira de volta! Jamais vou me esquecer! Eu disse a mim mesma, ou essas pessoas são loucas ou a louca sou eu. Elas todas pareciam estar *correndo*, que nem as pessoinhas nos cinejornais mudos. E a *recepcionista* do restaurante — eu nunca tinha me dado conta de como é sinistro chamá-las assim. A forma como ela *sorriu* pra nós! E aqueles cardápios enormes, sem nada que fosse comestível de verdade. E os ajudantes de garçom zumbis, bizarros, que só sabem trazer copos de *água* e se recusam a falar com você! Eu não conseguia acreditar no que meus olhos estavam vendo... Ah, e depois pernoitamos num daqueles medonhos hoteizinhos novos de beira de estrada. Tive a sensação de que ele havia sido trazido de outro lugar, de uma fábrica, e montado exatamente um minuto antes de chegarmos. Não era de *lugar nenhum*. Quer dizer, depois de todos aqueles hotéis antigos maravilhosos do México — todos eles um *lugar* de verdade —, esse era totalmente surreal..."

De novo, Grant parece esboçar algum protesto. Mas seu murmúrio continua inaudível. Nem George consegue entender. George toma um gole grande de café, sente o líquido bater em seu estômago quase vazio, e de repente fica tomado. "Sério? Cynthia, minha cara!", ele se ouve exclamar. "Como você consegue falar um absurdo desses?"

Grant dá uma risadinha nervosa. Cynthia parece surpresa, mas satisfeita. É o tipo de provocadora que gosta de ser desafiada; acalma a comichão de sua agressividade.

"O que é isso? Você bebeu?" George sente-se excitado, como que tomando impulso na pista de decolagem, até levantar um voo suave. "Meu Deus, você parece uma intelectual francesa chata que acabou de pôr os pés em Nova York pela primeira vez! É exatamente assim que elas falam! *Surreal!* Os hoteizinhos americanos são surreais! Meu bem — você sabe e eu sei que os nossos hotéis de beira de estrada são propositalmente construídos para ser surreais, para usar esse seu clichê idiota, pela razão bastante simples de que um quarto num hotelzinho americano não é *um* quarto *num* hotel, é *o* Quarto, definitivamente, ponto-final. Só existe um: O *Quarto*. E é um símbolo — uma propaganda em três dimensões, por assim dizer — do nosso estilo de vida. E qual é nosso estilo de vida? Um código de edificações que exige certas medidas, certas instalações e o uso de certos materiais adequados, nada mais, nada menos. Todo o resto a gente tem que providenciar. Mas tente falar isso para os europeus! Ficam apavorados... A verdade é que nosso estilo de vida é austero demais pra eles. Nós reduzimos as coisas do plano material a meras conveniências simbólicas. E por quê? Porque esse é o primeiro passo essencial. Enquanto o plano material não for definido e relegado ao lugar que lhe cabe, a mente não pode ser de fato livre. Seria de imaginar que isso fosse óbvio. Mesmo o americano mais burro parece entender isso intuitivamente. Mas os europeus nos acham desumanos — ou imaturos, como preferem dizer, o que soa ainda mais rude — porque nós renunciamos ao mundo deles, de diferenças individuais e ineficiência romântica, e objetos-só-pelos-objetos. Todo aquele culto morto antiquado das catedrais e primeiras edições e modelos de Paris e vinhos finos. Eles não desistem nunca, é claro, continuam tentando nos subverter a todo instante com a asquerosa propaganda de seu culto. Se um dia eles conseguirem, estaremos liquidados. *Esse* é o tipo de subversão que o Comitê de Atividades Antiamericanas *precisava* investigar… Os europeus nos odeiam porque nos limitamos a viver dentro de nossas propagandas, que nem eremitas que vão meditar em cavernas. Dormimos em quartos simbólicos, comemos refeições simbólicas, somos entretidos simbolicamente — e isso os aterroriza, isso os enche de fúria e repugnância porque jamais seriam capazes de entender. Eles ficam gritando: 'Essas pessoas são zumbis!'. Eles têm que se forçar a acreditar nisso, pois a opção é sucumbir e aceitar que os americanos conseguem viver assim porque, na verdade, se trata de uma cultura muito, mas muito mais evoluída — quinhentos anos, talvez mil à frente da Europa, ou de qualquer outro lugar do planeta, aliás. Somos basicamente criaturas do espírito. Nossa vida está toda na mente. É por isso que ficamos totalmente à vontade com símbolos como o Quarto-de-Hotelzinho-Americano. Já o europeu tem horror a símbolos porque ele é um materialista servil…"

Momentos antes do fim desse desvairado voo de palavras, George, como se de uma grande altitude, viu Andy Leach entrar no refeitório. O que foi de fato um alívio providencial, pois George já sentia seus motores desligarem, sentia que estávamos perdendo o impulso. Então agora, com a destreza de um piloto veterano, ele prepara o pouso perfeito. E a beleza disso é que parece interromper sua fala só por educação, porque Andy chegou à mesa deles.

"Perdi alguma coisa?", Andy pergunta, sorrindo.

* * *

Um artista de circo não dispõe de uma cortina de teatro que desça e o esconda, mantendo assim intata a magia de sua atuação. Equilibrado no alto do trapézio sob os arcos flamejantes, ele brilhou e vibrou como uma estrela. Mas agora, no chão, opaco, sem a luz dos holofotes ainda plenamente visíveis para quem quiser olhar para ele — estão todos com os olhos fixos nos palhaços —, ele passa correndo pelas filas de assentos em direção à saída. Ninguém mais o aplaude. Pouquíssimos olham para ele.

Esse anonimato vem acompanhado de uma fadiga que não lhe desagrada. A maré de sua vitalidade baixa rápido, e ele segue o fluxo, contente. É uma forma de descansar. De repente, está muito, muito mais velho. A caminho do estacionamento, anda diferente, com menos elasticidade, movimentando os braços e os ombros com rigidez. Desacelera. Vez por outra arrasta os pés, cabisbaixo. A boca relaxa e os músculos das bochechas cedem. O rosto adquire uma expressão plácida e sonhadora, meio entorpecida. Ele murmura sozinho de um jeito esquisito, como um zumbido de abelhas ao redor da colmeia. De quando em quando, enquanto caminha, emite peidos prolongados e ruidosos.

O hospital, ao lado de uma colina sossegada, se ergue sobre uma escarpa íngreme, rodeado de arbustos floridos. Visível da autoestrada, tem um aspecto agradável, a despeito de ser uma clara advertência aos motoristas de passagem — *Este é o fim do caminho, pessoal.* Exposto a todas as brisas, de muitas de suas janelas decerto se pode ver o mar e a península de Palos Verdes e, no clima límpido de inverno, também a Ilha Catalina.

As enfermeiras da recepção também são agradáveis. Não aborrecem o visitante com um monte de perguntas. Se ele sabe o número do quarto que deseja visitar, não precisa nem lhes pedir permissão, pode ir logo subindo.

George opera o elevador sozinho. No segundo andar o elevador para e um enfermeiro negro entra empurrando uma paciente na maca. Ela vai ser operada, ele explica a George, por isso precisam descer ao térreo, onde ficam as salas de cirurgia. George se oferece respeitosamente para sair, mas o jovem enfermeiro (que tem braços musculosos muito sexies) diz: "Não é preciso", portanto ele fica lá, o espectador do funeral de um estranho, lançando olhares furtivos à paciente. Ela parece totalmente consciente, mas seria um sacrilégio puxar conversa, pois ela já é a vítima consagrada, preparada de acordo com o ritual. Ela parece saber disso e consentir, está plenamente relaxada em seu consentimento. Seu cabelo grisalho está lindo, deve ter tido um trato no cabeleireiro há pouco tempo.

Este é o portão, George diz a ele mesmo.

Será que tenho de passar por aqui também?

Cada terminação nervosa de seu pobre corpo se retrai diante da visão, do cheiro, da sensação desse lugar! Às cegas, ele recua, se empina, luta para escapar. Acabar aqui um dia — entupido de remédios, espetado por agulhas, cortado por bisturis — que ultraje impensável para a carne! Ainda que conseguissem curá-lo e libertá-lo, ele jamais poderia esquecer, perdoar. Nada será igual, nunca mais. Teria perdido toda a fé em si.

Jim se lamentava e reclamava e fazia um auê por conta de um resfriado, um corte no dedo, uma hemorroida. Mas ele teve sorte no fim, a única hora em que a sorte realmente conta. O caminhão bateu no carro em cheio, ele não sentiu nada. E nunca o trouxeram a um lugar como esse. Seus destroços não serviriam a seus rituais.

O quarto de Doris fica no último andar. Neste momento o corredor está deserto, a porta está aberta e um biombo esconde a cama. George espia por cima do biombo antes de entrar. Doris está deitada com o rosto virado para a janela.

A essa altura, George já se acostumou à aparência dela. Nem a acha mais horrível, pois perdeu o senso de transformação. Doris já não parece mudada. É uma criatura totalmente diferente, um manequim amarelo seco — gravetos como braços e pernas, carne atrofiada e barriga cava formam contornos angulares sob as cobertas. O que tem a ver com aquele animal grande e arrogante que era? Com aquele corpo que se esparramava totalmente nu, escancarado em uma demanda impudica, sob o corpo nu de Jim? A vulva obscena e sugadora, a carne ávida, implacavelmente devassa, com toda a exuberância, o brilho e a resiliência arrogante da juventude, exigindo que George recuasse, se prostrasse e se submetesse à prerrogativa feminina, escondendo envergonhado seu rosto contrário à natureza. Sou Doris. Sou Mulher. Sou a Vaca-Mãe Natureza. A Igreja e a Lei e o Estado existem para me amparar. Reivindico meus direitos biológicos. Exijo Jim.

George já se perguntou algumas vezes: teria eu, mesmo naquela época, lhe desejado isso?

A resposta é Não. Não porque George seria incapaz de tamanha perversidade, mas porque Doris, então, era infinitamente mais do que Doris, era a Mulher, a Inimiga, reivindicando Jim para si. De nada serve destruir Doris, ou dez mil Doris, enquanto a Mulher triunfar. Só se podia lutar cedendo, deixando que Jim fosse viajar com ela para o México. Insistindo que ele saciasse toda a sua curiosidade, sua vaidade enaltecida e sua lascívia (vaidade, sobretudo), apostando que ele voltaria (como voltou) dizendo *ela é um nojo*, dizendo *nunca mais*.

E você não ficaria enojado em dobro, Jim, se a visse agora? Não sentiria um horror arrepiante em pensar que talvez, mesmo naquela época, o corpo que você tocou e beijou com voracidade e penetrou com sua carne excitada já tinha sementes dessa podridão? Você costumava lavar as feridas dos gatos com tanta delicadeza e nunca se importava com o fedor dos cães velhos doentes; tinha horror, porém, contra sua própria vontade, à doença humana e às pessoas mutiladas. Eu sei, Jim. Tenho certeza. Você teria se recusado a visitá-la aqui. Não conseguiria se forçar a vir.

George contorna o biombo e entra no quarto, fazendo um barulho mínimo. Doris vira a cabeça e o vê, aparentemente sem surpresa. É provável que, para ela, a linha entre realidade e alucinação esteja se tornando muito tênue. Figuras vivem aparecendo e desaparecendo. Se uma delas enfia uma agulha, você pode ter certeza de que *é* realmente uma enfermeira. George pode ser George ou, por outro lado, talvez não seja. Por conveniência, ela ainda o tratará como George. Por que não? Que importância tem, de qualquer forma?

"Oi", ela diz. O azul de seus olhos brilha desvairado no rosto amarelo doentio.

"Oi, Doris."

Já faz um bom tempo que George parou de lhe trazer flores ou outros presentes. Nada que possa vir do exterior tem agora alguma relevância, nem ele mesmo. Tudo que lhe interessa está bem aqui neste quarto, onde ela está absorta na função de morrer. Sua preocupação não parece egoísta, porém; não exclui George nem ninguém que queira participar. A preocupação é com a morte, e qualquer um pode participar dela, a qualquer momento, com qualquer idade, esteja sadio ou doente.

George senta ao lado dela e segura sua mão. Se tivesse feito a mesma coisa dois meses antes, teria sido de uma falsidade asquerosa. (Uma de suas lembranças mais amargas e vergonhosas é de quando lhe beijou a bochecha — teria sido agressão, masoquismo? ah, danem-se todas essas palavras! — logo depois de descobrir que ela havia dormido com Jim. Jim estava presente quando aconteceu. Quando George se aproximou para beijá-la, os olhos dele ficaram surpresos e assustados, como se temesse que ele fosse mordê-la feito uma cobra.) Mas agora pegar a mão de Doris não é um gesto falso, nem menos piedoso. É necessário — ele descobriu isso em visitas anteriores — a fim de estabelecer um contato, mesmo que mínimo. E, segurando sua mão, ele se sente menos constrangido com a doença dela, pois o gesto quer dizer *estamos no mesmo barco, em breve devo seguir seu exemplo*. Assim ele se exime de ter que fazer aquelas perguntas horríveis de enfermaria: como você está? como tem passado? como está se sentindo?

Doris esboça um sorriso débil. Seria por se alegrar pela vinda dele?

Não. Pelo jeito, está sorrindo de deleite. Falando baixo, mas de forma bastante distinta, ela diz: "Fiz muito barulho, ontem".

George também sorri, aguardando a piada.

"Foi *ontem*?" Ela diz no mesmo tom, mas dirigindo-se a si mesma. Seus olhos já não o veem, parecem confusos e um pouco amedrontados. Para ela, agora o tempo deve ter se tornado um labirinto espelhado e estranho; e labirintos podem, a qualquer instante, deixar de ser engraçados para se tornar assustadores.

Mas agora seus olhos tomam conhecimento dele outra vez, a confusão passou. "Fiquei gritando. Me ouviam com clareza da outra ponta do corredor. Tiveram de chamar o médico." Doris sorri. Essa, ao que parece, é a piada.

"Foram as suas costas?", George indaga. O esforço para manter a empatia na voz faz com que fale afetadamente, como quem tenta disfarçar um sotaque natal deselegante. Mas Doris ignora a pergunta — segue uma nova direção toda dela, fechando um pouco a cara. Pergunta abruptamente: "Que horas são?".

"Quase três."

Faz-se um longo silêncio. George sente uma necessidade terrível de dizer alguma coisa, qualquer coisa: "Estive no píer um dia desses. Fazia tempo que não ia lá. Você sabia que derrubaram o antigo rinque de patinação? Não é uma pena? Parece que não conseguem deixar nada do jeito que era. Lembra da cabine onde aquela mulher lia-a a letra da gente? Também sumiu…"

Ele se interrompe, desalentado.

Será que a memória pode mesmo escapar ilesa com um truque tão tosco? Aparentemente, sim. Pois ele escolheu o píer tão ao acaso como se escolhe uma carta de baralho do mágico — e, pasmem, a escolha não foi aleatória! Foi patinando que George e Jim conheceram Doris. (Ela estava com um garoto chamado Norman, logo dispensado.) E depois todos eles foram procurar a mulher que lia a personalidade da gente por meio da nossa caligrafia. E ela disse que Jim era dono de um grande talento musical, e que Doris tinha uma capacidade enorme de extrair o que as pessoas tinham de melhor…

Será que ela lembra? Claro que sim! George lhe lança um olhar ansioso. Ela fica olhando para o teto, fechando ainda mais a cara.

"Que horas você disse que são?"

"Quase três. Daqui a quatro minutos."

"Você poderia dar uma olhada no corredor? Ver se tem alguém lá."

Ele levanta, vai até a porta, olha pra fora. Mas, antes mesmo de chegar lá, ela já pergunta com uma impaciência hostil: "Então?".

"Não tem ninguém."

"Cadê aquela vaca da enfermeira?" A pergunta sai áspera, com um desespero evidente.

"Quer que eu vá procurar?"

"Ela sabe que tomo uma injeção às três. O médico avisou. Ela não dá a mínima."

"Vou atrás dela."

"Aquela piranha só vai vir quando bem entender."

"Eu vou achar ela, tenho certeza."

"Não! Fique aqui."

"O.k."

"Sente de novo."

"Está bem." Ele senta. Sabe que ela quer sua mão. Ele lhe dá. Ela a segura com uma força assombrosa.

"George..."

"Sim?"

"Você vai ficar aqui até ela vir?"

"Claro que vou."

Sua mão se contrai. Não há afeto, não há comunicação. Ela não está em contato com outro ser humano. A mão dele é só algo para segurar. Ele não ousa lhe perguntar sobre a dor. Tem medo de liberar um horror obsceno, visível, tangível e fedorento, bem aqui entre eles, no quarto.

Mas ele também sente curiosidade. Da última vez, a enfermeira lhe disse que Doris andava vendo um padre. (Foi criada no catolicismo.) E, de fato, na mesa de cabeceira há um livrinho fofo e espalhafatoso como um cartão de Natal: *A Via Crúcis*... Ah, mas quando a estrada se encolhe à largura dessa cama, quando não há nada conhecido a sua frente, você tem a audácia de desdenhar algum guia? Talvez Doris já tenha aprendido alguma coisa sobre a jornada que o futuro lhe guarda. Mas, mesmo supondo que sim e que George pudesse tomar a iniciativa de perguntar, ela nunca poderia contar o que sabe. Pois só poderia se exprimir na língua do lugar para o qual se encaminha. E esse idioma — embora alguns o empreguem para tagarelar com loquacidade — não tem sentido verdadeiro em nosso mundo; em nossa boca, é apenas um monte de palavras.

Aí está a enfermeira, sorrindo à porta. "Fui pontual hoje, está vendo?!" Traz uma bandeja com a agulha hipodérmica e as ampolas.

"Estou indo", George anuncia, levantando-se de súbito.

"Ah, não precisa", diz a enfermeira. "Se o senhor puder sair um instante, não vai demorar muito."

"Tenho que ir embora", George diz, sentindo-se culpado, como sempre nos sentimos ao sair do quarto de um doente. Não que a própria Doris lhe provoque culpa. Ela parece ter perdido todo o interesse nele. Seus olhos estão fixos na seringa na mão da enfermeira.

"Ela não tem se comportado bem", a enfermeira diz. "A gente não consegue fazer com que coma, não é?"

"Bem, tchau, Doris. Te vejo daqui a alguns dias."

"Adeus, George." Doris nem sequer o olha, e seu tom é de profunda indiferença. Ele está saindo do mundo dela e assim deixando de existir. Ele segura sua mão e a aperta. Ela não reage. Doris observa a agulha brilhante indo em sua direção.

Ela *quis dizer* adeus? Pode ser, será em breve. Quando sai do quarto, George a olha mais uma vez por cima do biombo, tentando captar e fixar alguma lembrança, estar consciente da ocasião ou ao menos de sua possibilidade: a última vez que a viu viva.

Nada. Não significa nada. Ele não sente nada.

Assim que George apertou a mão dela, ele soube de algo: que os últimos resquícios da Doris que tentou lhe roubar Jim haviam se esvaído desse manequim seco; e, com eles, os últimos resquícios do ódio de George. Enquanto restasse essa gotinha preciosa de ódio, ele ainda poderia encontrar um vestígio de Jim. Pois ele também o odiou, quase tanto quanto odiou a ela, quando eles estavam no México. Era esse o elo entre ele e Doris. E agora está rompido. E mais um pedacinho de Jim se perdeu para sempre.

George dirige pela avenida, cujas decorações natalinas enormes e desengonçadas — renas e sinos pendurados em árvores de Natal metálicas — balançam sob o vento gelado. Não passam de propagandas natalinas financiadas pelos comerciantes locais. Clientes enchem as lojas e as calçadas, seus rostos um tanto desnorteados; nos olhos, botões brilhantes, o reflexo da cintilação cínica da época de Natal. Não faz nem um mês — antes de Khrushchov concordar em tirar seus mísseis de Cuba — abarrotavam os mercados, esvaziando as prateleiras de feijão, arroz e outros alimentos, a maioria deles totalmente inúteis para a culinária dos abrigos antiaéreos, pois não poderiam ser preparados sem litros de água. Bem, os clientes foram poupados — desta vez. Será que se regozijam? São tolos demais para tanto, pobrezinhos, nem se deram conta do que escaparam. Sem dúvida, devido a essa compra instigada pelo pânico, agora têm menos dinheiro para os presentes. Mas têm o suficiente. Será um ótimo Natal, os comerciantes preveem. Todo mundo pode se dar ao luxo de gastar pelo menos um pouco — exceto, talvez, alguns jovens michês (reconhecíveis à primeira vista aos olhos experientes de George) de cara amarrada nas esquinas ou de olho nas vitrines, usando ao máximo a visão periférica.

Neste momento George não tem nenhum interesse em zombar desses seus irmãos do gênero humano. Por mais rudes e mercenários, banais e baixos que sejam, ele se orgulha, se alegra, com uma felicidade quase indecente, por poder se levantar e integrar essa categoria — a categoria dessa minoria estupenda, Os Vivos. Não sabem a sorte que têm, essas pessoas nas calçadas; mas George sabe — pelo menos por um tempinho — porque acabou de regressar da presença gélida da Maioria, à qual Doris está prestes a aderir.

Estou vivo, ele diz para si mesmo, *estou vivo*! E a energia vital ondula calorosamente por ele, e o deleite, e o apetite. Que bom estar em um corpo — até mesmo essa carcaça velha decadente — que ainda tem sangue quente e sêmen vivo, medula abundante e carne saudável! Os jovens carrancudos nas esquinas sem dúvida o veem como um velhote ou, na melhor das hipóteses, como um possível ganho. Porém, com a força de seus braços, ombros e quadris jovens ele ainda reivindica um leve parentesco deles. Por alguns dólares, poderia fazer com que qualquer um entrasse no carro, o acompanhasse até sua casa, tirasse a jaqueta de couro masculina, a Levi's justa, a camiseta e as botas de caubói, e participasse, um jovem atleta nu de cara amarrada, da luta de seu prazer. Mas ele não quer comprar o corpo relutante desses garotos. Quer se regozijar no próprio corpo; o corpo velho, curtido e triunfante de um sobrevivente. O corpo que viveu mais do que Jim e vai viver mais do que Doris.

George resolve parar na academia — embora este não seja um de seus dias habituais — a caminho de casa.

No vestiário, ele tira a roupa, põe as meias esportivas, o suporte atlético e o short. Será que veste a camiseta? Ele se olha no espelho grande. Não está tão mal assim. Os pneuzinhos não estão muito visíveis hoje. As pernas estão ótimas. Os músculos peitorais, se flexionados do jeito certo, não caem. E, contanto que esteja sem óculos, não vê as ruguinhas da parte interna dos cotovelos, acima dos joelhos e em volta da barriga encolhida. O pescoço é frouxo e magrelo sob todas as circunstâncias, sob qualquer luz, e seria pavoroso mesmo se George fosse meio cego. Ele abandonou totalmente o pescoço, como um posto militar insustentável.

Porém, está — e ele sabe — melhor do que quase todos os seus colegas de faixa etária dessa academia. Não porque estejam em péssima forma, são espécimes bastante saudáveis. O que os estraga é a aceitação fatalista da meia-idade, a resignação ignóbil ao papel de avôs, à aposentadoria iminente e ao golfe. George se distingue deles porque, em algum sentido que ele não saberia definir muito bem mas é imediatamente claro quando o vemos nu, *ele não desistiu*. Ele ainda está no páreo, e eles não. Talvez não haja mistério nenhum, talvez seja apenas a vaidade que lhe confere esse ar de garoto mirrado. Sim, a despeito das rugas, da pele flácida, do cabelo grisalho, dos lábios apertados fingindo agilidade, vez ou outra se tem vislumbres do fantasma de um outro, de traços suaves, infantil, bonito. A combinação é bizarra, parece mais velha do que a própria meia-idade, mas está lá.

Olhando-se desanimado no espelho, com desagrado e ironia, George diz a si mesmo: seu velho idiota, a quem está tentando seduzir? E veste a camiseta.

Na academia há apenas três pessoas, ainda é muito cedo para a turma dos escritórios. Um sujeito grandalhão e pesado chamado Buck — o que sobrou de um jogador de futebol americano aos cinquenta — conversa com um rapaz de cabelo cacheado chamado Rick, que almeja a televisão. Buck está quase nu: sua barriga ondulante sobressai com indecência sobre uma espécie de sunga, empurrando a peça até a linha dos pentelhos. Ele parece não ter nenhuma vergonha. Já Rick, que tem um corpo musculoso bem torneado, usa um casaco de lã cinza e calça, cobrindo tudo do pescoço aos punhos e tornozelos. "Oi, George", ambos dizem, lhe fazendo um aceno casual; George tem a sensação de que este é o cumprimento mais genuinamente amistoso que recebeu naquele dia.

Buck sabe tudo sobre a história do esporte, é uma enciclopédia de médias de rebatidas, vantagens, recordes e pontuações. Está contando como alguém derrotou alguém na sétima rodada. Faz mímica do nocaute: "*Pá! Pá!* E, cara, ele *venceu*!". Rick escuta, escarranchado num banco. Neste lugar há sempre uma atmosfera de vagareza. Um garoto como Rick leva três ou quatro horas para malhar, e passa a maior parte do tempo tagarelando sobre show business, carros esportivos, futebol americano e boxe

— bem raramente, o que é bastante esquisito, fala sobre sexo. Talvez em certa medida o assunto esteja fora de cogitação em consideração aos vários meninos e pré-adolescentes que costumam estar por perto. Quando Rick conversa com adultos, tende a ser o sabe-tudo ou a atuar; com as crianças, porém, é tão natural quanto um idiota da aldeia. Faz palhaçadas e truques de mágica, conta, com um ar sério, sobre uma loja em Long Beach (ele dá o endereço exato) que — de vez em quando, de repente e sem anúncio prévio — declara o Dia da Pechincha. Nesse dia, todo cliente que gastar mais do que um dólar ganha um Jaguar ou um Porsche ou um MG de graça. (No resto do tempo, a loja é um antiquário normal.) Quando desafiado a mostrar o carro que *ele* ganhou, Rick leva as crianças para fora e aponta um carro condizente. Se olham o documento de registro e descobrem o nome do dono, ele jura que aquele é seu nome verdadeiro, que mudou quando começou a atuar. As crianças ficam na dúvida, mas berram que ele é um mentiroso, um maluco, e batem nele com os punhos. E Rick saltita sorridente pela academia, de quatro, como um cachorro.

George se deita em uma das pranchas inclinadas para fazer abdominais. É sempre algo que requer certa persuasão: seu corpo desgosta particularmente desses exercícios. Enquanto ele ainda está se convencendo, Webster se aproxima e se deita na prancha ao lado. Webster deve ter doze ou treze anos, é esguio, gracioso e alto para a idade, com pernas longas de menino, douradas e macias. É amável e tímido, movimenta-se pela academia numa espécie de sonho, mas mantém o ritmo nos exercícios. Sem dúvida se considera esquelético e jurou se transformar num homem enorme, um armário desajeitado e pesadão. George diz "Oi, Web" e Webster responde "Oi, George", num sussurro tímido.

Agora Webster começa a fazer seus abdominais, e George, tirando a camiseta num impulso repentino, segue seu exemplo.

Enquanto continuam, George sente se instalar uma empatia entre eles. Não que estejam competindo, mas a juventude e a flexibilidade de Webster parecem se apossar de George, e essa energia tomada de empréstimo é incrível. Desviando a atenção de seus músculos queixosos e se concentrando no corpo do garoto, que se flexiona e relaxa, George tira forças para ir além de seus quarenta abdominais de praxe, e faz cinquenta, sessenta, setenta, oitenta. Será que não deveria tentar cem? Então, de repente, percebe que o outro parou. A força o abandona no mesmo instante. Ele também para, bastante ofegante, porém não mais que Webster. Ficam ali ofegando, lado a lado. Webster vira a cabeça e olha para George, obviamente impressionado.

"Quantos você faz?", ele pergunta.

"Ah, depende."

"Esse negócio acaba comigo! Cara!"

Que maravilha! Se ao menos as pessoas pudessem passar a vida toda nesse estado de democracia corporal despreocupada! Aqui ninguém é babaca, mal-humorado ou abelhudo. A vaidade, inclusive as poses mais ultrajantes diante dos espelhos, faz parte. O jovem jogador de beisebol que parece um deus confessa a todos sua angústia a respeito de seus tornozelos finos. O banqueiro rechonchudo, passando creme no rosto, diz simplesmente: "Não posso me dar ao luxo de ficar velho". Ninguém é perfeito e ninguém finge ser. Nem a meia dúzia de atores famosos bota banca. Os garotos mais novos se sentam ao lado dos homens de sessenta ou setenta anos, inocentemente nus, na sauna, e se tratam pelo primeiro nome. Ninguém é horrível demais ou lindo demais para não ser aceito como um igual. Claro que todos são mais legais aqui do que lá fora.

Hoje George não tem tanta vontade de ir embora. Faz seus exercícios duas vezes mais do que deveria; passa um bom tempo na sauna; lava o cabelo.

* * *

Ao sair à rua, já está começando a escurecer. E agora ele toma outra decisão impulsiva: em vez de dirigir diretamente para casa, fará um enorme desvio pelas colinas.

Por quê? Em certa medida porque quer aproveitar o estado de espírito relaxado e descomplicado em que quase sempre fica depois dos exercícios. É muito bom sentir a satisfação e a gratidão do corpo; não importa quanto ele proteste, George se força a cumprir essas tarefas. Agora, ao menos por um tempo, o nervo vago não vai se contrair, o piloro ficará quieto, os polegares e o joelho artríticos não vão chiar. E que sossego não precisar agora de estimulantes, não precisar odiar ninguém! Ele espera conservar esse estado de espírito enquanto estiver dirigindo.

Além disso, quer dar uma olhada nas colinas outra vez, faz tempo que não vai até lá. Anos atrás, antes mesmo de Jim, quando George se mudou para a Califórnia, ele ia muito às colinas. O caráter agreste dessa área, praticamente desabitada, se erguendo fora da cidade, o fascinava. Tinha a sensação de ser um estrangeiro, um intruso a se aventurar numa natureza primitiva exótica. Subia de carro ao anoitecer ou de manhã bem cedinho, estacionava e vagava pelos aceiros; vislumbrava cervos por entre os arbustos de um desfiladeiro; estancava para ver um falcão circular no céu; andava com cuidado por entre tarântulas peludas que cruzavam seu caminho; seguia rastros tortuosos na areia até se deparar com uma cascavel enrolada tirando um cochilo. Às vezes, a meia-luz da aurora, encontrava um bando de coiotes trotando em sua direção, os rabos abaixados, em fila. Da primeira vez que os viu achou que fossem cães; e então, de repente, sem emitir nem um som, eles desfizeram a fila e debandaram morro abaixo, aos saltos.

Mas esta tarde George não sente um pingo da empolgação e do encanto de outrora; há algo errado, desde o início. A estrada sinuosa e íngreme, que antes parecia romântica, agora é apenas difícil e perigosa. O tempo todo ele topa com outros carros nas curvas fechadas e precisa se desviar rapidamente; quando chega lá em cima, a sensação de relaxamento já o deixou. No topo estão construindo dezenas de casas, a área está se transformando num subúrbio. Verdade que ainda há uns poucos desfiladeiros desabitados, mas George não se consola; sente-se oprimido pela percepção da cidade lá embaixo. De ambos os lados da colina, ao norte e ao sul, ela se reproduziu e se espalhou por toda a planície. Devorou os amplos pastos e fazendas, e os últimos trechos de laranjais; esvaziou os lagos das redondezas e solapou as florestas das grandes montanhas. Em breve estará bebendo água do mar dessalinizada. E no entanto morrerá. Não é preciso que mísseis a destruam, ou que outra era glacial a congele, ou que um grande terremoto a trinque e a faça submergir no Pacífico. Morrerá de superexpansão. Morrerá porque suas raízes primárias secaram; a impetuosidade e a ganância que eram sua única força. E o deserto, a condição natural deste país, voltará.

Infelizmente, com que tristeza, com que certeza George sabe disso! Ele para e sai do carro; fica parado no acostamento esburacado de terra amarela, ao lado de um arbusto de ericácea; olha para Los Angeles como um triste profeta judeu do apocalipse, enquanto dá uma mijada. *Babilônia caiu, caiu, aquela grande cidade*. Mas esta cidade não é grande, nunca foi grande, e quase não tem distância para cair.

Agora fecha o zíper da calça, entra no carro e segue dirigindo, completamente deprimido. As nuvens se fecham sobre as colinas, parecendo setentrionais e tristes como em Gales; e o dia vai acabando, e as luzes surgem com sua cor de ouropel por toda a planície, enquanto a estrada termina no Sunset Boulevard e ele se aproxima do oceano.

* * *

O supermercado ainda está aberto, só fecha à meia-noite. Está brilhantemente claro. Sua luminosidade oferece abrigo contra a solidão e o escuro. Daria para passar horas aqui, numa suspensão da insegurança, meditando sobre a multiplicidade de ofertas comestíveis. Minha nossa, como tem coisa! Inúmeras marcas em caixas reluzentes, todas prometendo delícias. Nas prateleiras, os produtos nos conclamam a serem carregados para casa, e a simples concorrência desses apelos pode nos levar a imaginar que somos desejados, até mesmo amados. Mas cuidado: uma vez em nosso quarto vazio, descobriremos que o falso duende adulador da propaganda nos iludiu, o que resta é apenas papelão, celofane e comida. E a decepção tira o apetite.

Esse lugar reluzente não é de fato um abrigo. Pois, acossadas entre suas garrafas, caixas e latas, estão as lembranças surpreendentemente vívidas das refeições compradas, preparadas e compartilhadas com Jim. Elas apunhalam George à medida que ele passa, empurrando o carrinho. Será que nos sentiríamos de fato sós se sempre comêssemos acompanhados?

Mas dizer "não vou comer sozinho esta noite" não seria um risco mortal? Não seria o início de um longo desmoronamento? A pessoa começa a comer em balcões e beber em bares, e passa a beber em casa sem comer, e aí o desespero e os soníferos e a inevitável overdose final? Mas quem disse que preciso ser valente?, George se pergunta. Quem depende de mim agora? Quem se importa?

Estamos ficando sentimentais, ele diz, enquanto tenta decidir entre halibute, perca do mar, lombo, filé. Sente uma aversão nauseabunda por tudo, seguida de uma súbita raiva. Dane-se a comida. Dane-se a vida. Gostaria de abandonar o carrinho, mas está cheio de mantimentos. Sobrecarregaria os funcionários, e um deles é bonitinho. A alternativa, botar tudo de volta nos devidos lugares, lhe parece um trabalho insano; a preguiça esmagadora da tristeza o abate. A preguiça que acaba por deixar a pessoa de cama até ela contrair uma doença.

Portanto empurra o carrinho até o caixa, paga, para na saída para o estacionamento, entra na cabine telefônica, disca.

"Alô."

"Alô, Charley."

"*Geo*...!"

"Olha... Será que está muito tarde pra eu mudar de ideia? Quanto a esta noite? É que... quando você ligou, hoje de manhã... eu achava que tinha um compromisso... Mas acabei de saber que..."

"*Claro* que não é tarde demais!" Ela nem se dá ao trabalho de ouvir suas desculpas esfarrapadas. Sua alegria lampeja instantaneamente, ainda mais rápida do que suas palavras, por meio da espiral dos cabos telefônicos. E na mesma hora Geo e Charley estão unidos, formam mais um dos pares afortunados da noite, em meio a todos os errantes solitários. Se algum dos funcionários estivesse olhando, veria seu rosto dentro da cabine se animar, ruborizado de alegria como o de um amante.

"Quer que eu leve alguma coisa? Estou no mercado..."

"Ah, não, não, obrigada, querido! Tenho comida à beça. Parece que ultimamente sempre compro demais. Imagino que seja porque..."

"Chego aí daqui a pouco, então. Tenho que passar em casa primeiro. Até logo..."

"Ah, Geo — que coisa *boa*! *Au revoir!*"

Mas ele é tão estranho que seu estado de espírito começa a mudar de novo antes mesmo de pôr todas as compras no carro. Será que eu quero mesmo vê-la?, se pergunta; e então, que diabos me levou a fazer isso? Imagina a noite que poderia ter tido, aconchegado em casa, preparando a comida que comprou, depois se deitando no sofá ao lado da estante e lendo até ir ficando sonolento. À primeira vista, é uma cena plenamente convincente e charmosa de felicidade doméstica. Só depois de alguns instantes George percebe o buraco que a torna sem sentido. O que fica fora da imagem é Jim, deitado de frente para ele na outra ponta do sofá, também lendo; os dois absortos em seus livros mas totalmente conscientes da presença um do outro.

Já em casa, ele troca o terno por uma camiseta cáqui da loja de artigos militares, jeans azul desbotado, mocassim e suéter. (De vez em quando ele tem lá suas dúvidas sobre esse tipo de roupa: não dá a impressão de que está tentando se vestir como um jovem? Mas Jim costumava dizer que não, era perfeito para ele — ele ficava parecendo Rommel à paisana. George adorava.)

No exato instante em que está pronto para sair de casa outra vez, escuta a campainha. Quem pode ser a uma hora dessas?

Sra. Strunk!

(O que foi que eu fiz pra ela vir reclamar?)

"Ah, boa noite..." (É óbvio que ela está nervosa, encabulada; bastante consciente, sem dúvida, de que cruzou a ponte-fronteira e está em território inimigo.) "Sei que está bem em cima da hora. Eu... a gente pensou em chamar você inúmeras vezes... sei como é ocupado... mas faz tanto tempo que não nos reunimos... e ficamos nos perguntando... será que teria um tempo pra tomar um drinque?"

"Agora?"

"Ah, sim. Só estamos nós dois em casa."

"Sinto muitíssimo. Pena, tenho que sair neste instante."

"Ah. tudo bem. Pensei mesmo que você não estivesse disponível. Mas..."

"Não, escuta", diz George, e fala a sério; está extremamente surpreso e contente e comovido. "Eu realmente *gostaria* de ir. Muito mesmo. Será que a gente pode deixar pra outro dia?"

"Bem, sim, é claro..." Mas a sra. Strunk não acredita nele. Dá um sorriso triste. De repente George acha importantíssimo convencê-la.

"Eu *adoraria* ir. Que tal amanhã?"

O rosto dela desmorona. "Ah, bem, amanhã. Amanhã não seria tão bom, pena. É que amanhã vamos receber uns amigos que vão vir do Vale, e..."

E talvez percebam um quê de bicha em mim, e você ficaria envergonhada, George pensa, o.k., o.k.

"Claro que entendo", ele diz, "mas que seja muito em breve, está bem?"

"Ah, *sim*", ela concorda animada, "*muito* em breve..."

Charlotte mora em Soledad Way, uma rua estreita na subida de um morro que à noite fica tão cheia de carros estacionados de ambos os lados que dois motoristas mal conseguem passar um pelo outro. Se alguém chega depois que os moradores já voltaram do trabalho, provavelmente terá de deixar o carro a vários quarteirões de distância, na base do morro. Mas isso não é problema para George, pois de sua casa até a de Charley são menos de cinco minutos de caminhada.

A casa dela fica bem no alto da encosta, subindo os três lances da escada de madeira rústica assimétrica, setenta e cinco degraus ao todo. No nível da rua há uma cabana caindo aos pedaços que deveria ser a garagem. Ela a deixa abarrotada até o teto de baús e engradados surrados cheios de tranqueira desnecessária. Jim dizia que Charley mantinha a garagem bloqueada como desculpa para não ter um carro próprio. De qualquer modo, ela se recusa terminantemente a aprender a dirigir. Se precisa ir a algum lugar e ninguém lhe oferece uma carona, bem, que pena, ela não vai. Mas os vizinhos quase sempre a ajudam: ficam totalmente intimidados e encantados por aquele ar britânico que George também sabe usar, mas com uma pegada diferente.

A casa vizinha à de Charlotte fica no nível da rua. Mal começa a subir a escada, a pessoa tem um vislumbre da sordidez doméstica através da janela do banheiro (é preciso que se tenha a franqueza de admitir que a Soledad é um grau socialmente inferior à Camphor Tree Lane): uma banheira sobre a qual estão dependuradas calcinhas e fraldas, uma ducha suspensa no cano do chuveiro, uma verruma de encanador no chão. Não se vê nenhum dos filhos do vizinho agora, mas dá para notar como a encosta acima da casa foi pisoteada até virar uma superfície escorregadia dura como um tijolo, sem nada vivo além de um cacto. No alto da ladeira há uma engenhoca que parece uma forca, com uma rede de basquete acoplada.

A fatia do morro que pertence a Charlotte ainda pode ser descrita como um jardim. No terraço, algumas rosas florescem. Mas já foram tristemente negligenciadas: quando Charley está em um de seus estados depressivos, até as plantas sofrem. Tiveram licença para crescer em um emaranhado de longos brotos espinhosos, com densas ervas daninhas entre elas.

George sobe lentamente, sem se afobar. (Só os muito jovens não têm vergonha de chegar ofegantes.) Essas escadas ao ar livre são uma característica da vizinhança. Poucas mantêm os avisos originais de que seus degraus foram pintados pelos colonos boêmios e se dirigiam, ao que consta, aos convidados que subiam a escada de quatro, bêbados. Sempre em frente e sempre para cima. Nunca esmoreça. Você está fora de forma, camarada. Ei — você não pode morrer *aqui*! Por acaso isso aqui não é *o paraíso*?

As escadas se tornaram, por assim dizer, instrumentos da vingança póstuma dos colonos contra os novos ocupantes, as donas de casa modernas, pois desafiam todas as engenhocas que poupam esforços. A não ser que se recorra a um guindaste gigante, a única maneira de subir com alguma coisa ali é no lombo. A geladeira, o fogão, a banheira e todos os móveis tiveram de ser empurrados e arrastados até a casa de Charley por homens fortes que praguejavam como bárbaros. Que então impuseram enormes custos extras e esperaram gorjetas três vezes maiores.

Charley sai da casa quando ele se aproxima do topo. Ela o esperava, como de hábito, e sem dúvida temia uma mudança de planos de última hora. Eles se encontram no minúsculo alpendre de madeira, não muito seguro, diante da porta, e se abraçam. George sente seu corpo macio volumoso apertado contra o dele. Então, de repente, ela o solta com um tapinha nas costas — também para lhe mostrar que não vai extrapolar no afeto, sabe quando já basta.

"Entre", ela diz, tomando a dianteira.

Antes de segui-la, George volta os olhos ao pequeno vale do outro lado, para a fileira de lâmpadas no calçadão onde começa a praia e o oceano escuro invisível. É uma noite amena sem vento, com fiapos de névoa do mar que ofuscam as luzes das casas lá embaixo. Quando o nevoeiro está muito denso, do alpendre não se vê nenhuma casa, as luzes são apenas borrões, e o ninho de Charlotte parece maravilhosamente distante de qualquer outro lugar do mundo.

É uma simples caixa retangular, daquelas pré-fabricadas, planejadas logo depois da guerra. A imprensa se entusiasmou com elas, aclamou-as como as moradias do futuro, porém não se popularizaram. Na sala de estar há um tatame, e a decoração consiste praticamente de objetos encontrados em lojas de artigos orientais. Um lustre de casa de chá junto à porta, sinos de vento nas janelas, uma enorme biruta vermelha em formato de peixe presa à parede. Duas pinturas em rolo de pergaminho: um tigre extremamente japonês rosnando para uma águia (americana?) que desce sobre ele; um iluminado sentado sob uma árvore, com meia dúzia de pelos de seis metros brotando de seu queixo. Três sofás baixos cheios de almofadas de seda vistosas, pequenas demais para ter alguma utilidade, mas perfeitas para atirar nas pessoas.

"Escuta, acabei de me dar conta de que está um cheiro horrível de comida aqui!", Charlotte exclama. Está mesmo. George responde educadamente que o cheiro é delicioso e lhe desperta o apetite.

"Estou experimentando um prato novo ao vapor, sabe? Peguei no incrível livro de viagem que a Myrna Custer acabou de me dar — sobre Bornéu. Só que o autor é meio vago, então tive que dar uma improvisada. Quer dizer, ele não chega e diz abertamente, mas desconfio que a receita inclua carne humana. Na verdade, usei os restos de um baseado..."

É muito mais nova que George — vai fazer quarenta e cinco —, mas, como ele, já é uma sobrevivente. Tem a tenacidade exaurida típica dos sobreviventes. A julgar pelas fotografias, era muito bonita quando os grandes olhos cinza combinavam com o colorido suave e juvenil de sua tez. Agora seu rosto está inchado e congestionado, e o cabelo, que outrora deveria parecer uma auréola charmosa em torno do rosto, está apenas desarrumado. Ainda assim, ela não desistiu. Sua roupa denota um capricho meio tosco, imprudente mas encantador: uma blusa bordada de cores vivas, vermelho, amarelo e violeta, com as mangas dobradas até os cotovelos; uma saia mexicana meio cigana que parece uma colcha enrolada na cintura, presa por um cinto de caubói com tachinhas prateadas que só ressalta sua falta de forma. Ah, e se ela tem de usar sandálias que deixam os pés à mostra, por que não pinta as unhas? (Talvez um puritanismo da classe média do interior da Inglaterra esteja em ação aí.) Jim uma vez lhe disse, brincando, sobre uma roupa similar: "Percebi que você adotou o nosso traje típico, Charley". Ela riu, nem um pouco ofendida, mas não entendeu. Continua sem entender. Essa *é* sua ideia do traje informal californiano, e ela realmente não percebe que se veste diferente da sra. Peabody que mora ao lado.

"Já te contei, Geo — não, tenho certeza de que não. Já tomei duas resoluções de Ano-Novo, só que vou botá-las em prática imediatamente. A primeira é que vou confessar que odeio bourbon." (Ela pronuncia como se fosse a dinastia, não a bebida.) "Venho fingindo que não, desde que cheguei a este país — só porque o Buddy bebia. Mas, vamos falar a verdade, a quem eu acho que estou engando *agora*?" Ela sorri para George com muita coragem e vivacidade, tranquilizando-o de que *não* se trata do prelúdio de um ataque de saudades-do-Buddy; depois engata: "A minha outra resolução é que não vou mais negar que é verdade aquela acusação exasperante de que as mulheres preparam drinques muito fortes! Imagino que seja por causa da nossa terrível vontade de agradar... Então vamos começar o novo regime a partir de agora, que tal? Você vai e mistura o seu próprio drinque e faz o meu também — eu quero uma vodca e tônica, por favor."

Ela obviamente já tomou pelo menos duas. As mãos se atrapalham quando acende o cigarro. (O cinzeiro indonésio está cheio, como sempre, de pontas com marcas de batom.) Depois ela o conduz até a cozinha com seu curioso andar de pinguim, quase um coxear, sugerindo artrite e a rigidez que a acompanha.

"Foi um *amor* da sua parte vir aqui hoje, Geo."

Ele dá um sorriso adequado, não diz nada.

"Você faltou ao seu outro compromisso, não foi?"

"Não faltei! Eu te disse ao telefone — as pessoas cancelaram de última hora..."

"Ah, querido, deixe disso! Sabe, às vezes eu acho que sempre que você faz uma coisa fofa, fica com vergonha depois! Você sabia muito bem do quanto eu precisava de você esta noite, então faltou ao compromisso. Deu pra perceber que você estava mentindo no instante em que abriu a boca! Você e eu não conseguimos enrolar um ao outro — *eu* percebi isso já faz tempo. *Você* não, mesmo depois de todos esses anos."

"Eu sem dúvida deveria", ele concorda, sorrindo e pensando que absurdo e que bobagem universalmente aceita é essa de que os melhores amigos têm de ser necessariamente as pessoas que mais nos compreendem. Como se já não houvesse compreensão demais no mundo; sobretudo aquela compreensão entre amantes, celebrada em canções e romances, que na verdade é uma tortura tão grande que nenhum dos dois aguenta sem frequentes separações ou brigas. Charley, minha querida, ele pondera enquanto prepara as bebidas na cozinha bagunçada não-muito-limpa, como teria sobrevivido a esses últimos anos se não fosse sua incrível falta de percepção? Quantas vezes, quando Jim e eu estávamos discutindo e vínhamos visitá-la — amuados, um evitando o olhar do outro, conversando somente por seu intermédio — você de algum modo não nos reuniu por seu total desconhecimento de que havia algo errado?

E agora, enquanto George serve a vodca (dando a ela uma mais leve, para desacelerá-la) e o uísque escocês (dando a ele mesmo um mais forte, para conseguir alcançá-la), ele começa a experimentar um sentimento extremamente misterioso que não tem nada de surpreendente — não júbilo, não êxtase, não alegria — só felicidade pura e simples, *das Glueck, le bonheur, la felicidad*; um gênero para cada língua, mas é preciso admitir, mesmo a contragosto, que os espanhóis têm razão, em geral ela é feminina, isto é, criada por mulheres. Charley a cria com uma frequência espantosa; sem dúvida é algo de que ela tampouco tem consciência, já que é capaz de fazê-lo mesmo quando está péssima. Quanto a George, sua *felicidad* é totalmente egoísta: é capaz de curti-la impassível enquanto Charley está em uma de suas saudades-do-Buddy ou crises-por-causa-do-Fred (uma dessas está se formando esta noite, óbvio). No entanto, existem momentos de azar em que a saudade dela não vem acompanhada de sua *felicidad*, e é um tédio de cemitério. Mas não esta noite. Esta noite ele vai aproveitar.

Charlotte, nesse ínterim, dá uma espiada no forno e fecha a portinha de novo, anunciando "mais vinte minutos" com a segurança absoluta de um grande chef, o que ela não é de jeito nenhum.

Quando voltam à sala com os drinques, ela lhe diz: "O Fred me ligou ontem, tarde da noite". Diz isso em seu tom de crise, contido e monocórdio.

"É mesmo?", George consegue demonstrar surpresa. "Onde ele está agora?"

"Em Palo Alto." Charlotte se senta no sofá sob a biruta-peixe, com uma dramaticidade intencional, como se tivesse dito "Sibéria".

"Palo Alto — ele estava por lá antes, não estava?"

"Claro que sim. É onde aquela menina mora. Ele está com ela, como seria de esperar... *Preciso* aprender a não dizer 'aquela menina'. Ela tem um nome ótimo, e nem dá pra fingir que não sei qual é: Loretta Marcus... Em todo caso, não me interessa com quem o Fred está ou o que ela faz com o Fred. A mãe dela parece não ligar. Bem, vamos deixar isso pra lá... Tivemos uma longa conversa. Dessa vez, ele realmente foi muito meigo e sensato quanto à situação toda. Pelo menos deu pra sentir o esforço que estava tentando fazer... Geo, não tem sentido continuarmos assim. Ele *já* tomou uma decisão, de verdade. Ele quer um rompimento total."

A voz dela treme perigosamente. George diz sem convicção: "Mas ele é jovem demais".

"Ele é velho demais pra idade que tem. Mesmo dois anos atrás, ele poderia ter cuidado de si, se fosse necessário. Não é porque é menor de idade que eu preciso tratá-lo que nem criança — quer dizer, e usar a lei para forçá-lo a voltar. Além do mais, ele *jamais* me perdoaria..."

"Ele já mudou de ideia outras vezes."

"É, eu sei. E sei que você acha que ele não se portou bem comigo. Não te tiro a razão de pensar assim. Quer dizer, é natural que você tome o meu partido. E, no entanto, você nunca teve filhos seus... Você não fica chateado por eu te dizer isso, fica? Ah, me desculpe..."

"Que bobagem, Charley."

"Mesmo se tivesse tido filhos, não seria a mesma coisa. Essa coisa de Mãe e Filho — quer dizer, principalmente quando você tem que criá-lo sem pai — é um inferno. Por mais que se esforce, tudo o que você faz ou fala parece errado. Eu sufoco o Fred — ele me disse isso uma vez. No começo não consegui entender — não dava para aceitar — mas agora aceito — tenho que aceitar — e sinceramente *acho* que aceito — ele precisa viver a própria vida — bem longe de mim — ainda que me implore, simplesmente tenho que passar um bom tempo sem vê-lo — desculpe, Geo — não queria ter ficado assim — sinto — muito..."

George se aproxima de Charley no sofá, passa o braço em torno dela, aperta sua corpulência soluçante com delicadeza, sem falar nada. Ele não é frio, não é impassível. De fato lamenta por Charley e essa confusão, e no entanto *la felicidad* permanece intacta, ele está tranquilo. Com a mão livre, serve-se de um gole, cuidando para o movimento passar despercebido na outra extremidade de seu corpo.

Mas que estranho estar sentado aqui com Charley aos soluços e lembrar daquela noite em que recebeu o telefonema interurbano de Ohio. Um tio de Jim que ele nunca havia visto, tentando ser solidário, admitindo até o direito de George a uma pequena porção honorária da sagrada dor da família — mas depois, à medida que conversavam, se desanimando com o lacônico *sim, entendo, sim* de George; seu conciso *não, obrigado* como resposta ao convite para ir ao funeral — concluindo que sem dúvida esse tão-falado-companheiro-de-casa não era um amigo tão íntimo assim, afinal... E então, pelo menos cinco minutos depois de George desligar o telefone, quando a primeira onda de choque o atingiu, quando a notícia sem sentido de repente passou a significar exatamente o que significava, sua corrida precipitada e ofegante morro acima na escuridão, seus tropeços cegos na escada, as batidas na porta de Charley, chorando, se debulhando, uivando no ombro dela, no colo dela, nela inteira; e Charley o apertando, acariciando seu cabelo, lhe dizendo as coisas que se costuma dizer... No fim da tarde seguinte, ao se livrar do torpor dos soníferos que ela lhe dera, sentiu apenas desgosto: eu te traí, Jim, traí nossa vida juntos, te transformei numa história lacrimosa para jovenzinhas. Mas foi apenas histeria, parte da segunda onda de choque. Passou logo. E enquanto isso Charley, abençoado seja seu tolo coração, tomava cada vez mais as rédeas para si, preparando-lhe comida e a levando até a casa dele quando ele não estava, os pratos embrulhados em papel-alumínio, prontos para ser esquentados; deixando bilhetes insistindo que ele ligasse a qualquer hora que precisasse, quanto mais tarde da noite, melhor; escondendo tão bem a realidade dos amigos que eles deviam desconfiar que Jim havia fugido do estado depois de algum escândalo sexual — até que por fim transformou a morte de Jim em uma criação totalmente sua, uma farsa estrondosa. (George sorri sozinho, agora.) Ah, é verdade sim, está contente por ter corrido até ela naquela noite. Naquela noite, sem saber, ela lhe ensinou uma lição que ele jamais esquecerá — que seria impossível trair (essa expressão idiota!) um Jim, ou uma vida com Jim, ainda que tentasse.

Mas agora os soluços de Charlotte se acalmaram. Depois de algumas fungadas, ela diz "desculpe" outra vez e para.

"Fico me perguntando quando foi que começou a dar errado..."

"Ah, Charley, pelo amor de Deus, por que você se martiriza?"

"Claro, se o Buddy e eu tivéssemos continuado juntos..."

"Ninguém pode dizer que foi culpa sua."

"É sempre dos dois."

"Você tem notícias dele hoje em dia?"

"Ah, sim, de vez em quando. Continuam em Scranton. Ele está desempregado. E Debbie acabou de ter outro bebê — é o terceiro deles — outra menina. Não sei como eles dão conta. Vivo dizendo para ele parar de mandar dinheiro, mesmo que seja pro Fred. Mas ele é tão cabeça-dura, coitado, quando acha que uma coisa é dever dele. Bem, daqui pra frente, acho que ele e o Fred vão ter que se entender sozinhos. Não apito mais nada..."

Faz-se uma breve pausa desolada. George lhe dá uma batidinha de incentivo no ombro. "Que tal mais um copo antes da comida?"

"Acho uma ideia genial!" Ela ri animada. Mas em seguida, quando George pega seu copo, ela lhe acaricia a mão com um retorno momentâneo à ternura: "Você é tão meigo comigo". Seus olhos se enchem de lágrimas. Ele finge que não noto e se afasta.

Se fosse ele o atingido pelo caminhão, diz consigo mesmo, ao entrar na cozinha, Jim estaria bem aqui, nesta mesma noite, passando por essa porta, segurando esses dois copos. As coisas são muito simples.

* * *

"Então aqui estamos", diz Charlotte, "só nós dois. Só você e eu."

Acabaram de jantar e estão tomando café. O prato acabou sendo um sucesso, apesar de não haver diferença perceptível se comparado a todos os outros pratos que Charlotte já preparou no vapor; sua relação com Bornéu é quase inteiramente literária.

"Só nós dois", ela repete.

George lhe dá um sorriso vago; ainda não tem certeza se é a introdução a algum assunto ou apenas uma ternura lacônico-sentimental provocada pelo vinho. Juntos, tomaram mais ou menos uma garrafa e meia.

Mas então, devagar, de maneira ponderada, como se fosse apenas um pitaco de reflexão feminina irrelevante, ela acrescenta: "Acho que, daqui a um ou dois dias, vou ter que dar um jeito de desocupar o quarto do Fred".

Pausa.

"Quer dizer, enquanto eu não fizer isso, não vou sentir que terminou de verdade. Você tem que fazer alguma coisa pra se convencer. Entende o que estou dizendo?"

"Sim, Charley. Acho que entendo."

"Vou mandar pro Fred tudo que ele precisa, é claro. O resto eu posso guardar. Tem espaço de sobra debaixo da casa."

"Você pretende alugar o quarto dele?", George pergunta, porque, caso *esteja* introduzindo um assunto, é melhor chegar logo ao ponto.

"Ah, não, eu não poderia fazer isso... Bem, não para um estranho, de qualquer forma. Alguém a quem eu não poderia oferecer uma privacidade genuína. Teria que ser parte da família — ah, querido, eu *preciso* parar de usar essa expressão — é só a força do hábito... Mas, *você* entende, Geo. Teria que ser alguém que eu conhecesse muitíssimo bem..."

"Dá pra entender."

"Sabe, você e eu — é engraçado — nós estamos no mesmo barco agora. As nossas casas são meio que grandes demais pra gente, e no entanto são pequenas demais."

"Depende de como se olha."

"Sim... Geo... se eu te perguntar uma coisa... não que esteja querendo me intrometer nem nada..."

"Vá em frente."

"Agora que... bom, agora que passou um tempo... você ainda sente que quer viver sozinho?"

"Nunca quis viver sozinho, Charley."

"Ah, eu *sei*! Me perdoe. Não quis insinuar..."

"Eu sei que não. Está tudo bem."

"Claro que sei como você deve se sentir em relação àquela sua casa... Você nunca pensou em se mudar?"

"Não, não a sério."

"Não..." (Em tom meio melancólico.) "Imagino que não mesmo. Acho que — enquanto continuar lá — você se sente mais próximo do Jim. Não é?"

"Vai ver que é isso."

Ela estende o braço e dá um longo aperto na mão dele, de profunda compreensão. Depois, apagando o cigarro (coragem, agora, para os dois), ela diz com animação: "Não quer fazer uns drinques pra gente, Geo?".

"Primeiro a louça."

"Ah, vamos deixar aí, por favor! Eu lavo de manhã. Eu *quero* lavar. Me dá o que fazer hoje em dia. Tem tão pouca coisa..."

"Sem discussão, Charley! Se você não for me ajudar, eu lavo sozinho."

"Ah, *Geo*...!"

* * *

E agora, meia hora depois, estão de volta à sala de estar, os copos mais uma vez cheios.

"Como você consegue fingir que não adora?", ela lhe pergunta, com uma censura coquete de brincadeira. "E você sente falta — você gostaria de estar lá — você *sabe* que é verdade!" Este é um de seus temas prediletos.

"Não estou fingindo nada, Charley, pelo amor de Deus! Você sempre desconsidera o fato de que eu *já estive* lá, várias vezes, e você não... Estou totalmente disposto a admitir que gosto mais a cada vez que vou. Na verdade, neste momento, acho que provavelmente é o país mais extraordinário do mundo — porque é uma mistura maravilhosa. Tudo mudou, mas não mudou... Acho que nunca te disse isso — no ano passado, no meio do verão, quando Jim e eu estávamos lá, lembra que nós fizemos um passeio pelas Cotswolds? Bem, uma manhã, viajando num trenzinho que servia à região, paramos num vilarejo que parecia saído de um poema de Tennyson — prados sossegados por todos os lados, e vacas preguiçosas, e pombos gemendo, e olmos imemoriais, e o casarão elisabetano por entre as árvores. E ali, na plataforma, havia dois cabineiros, vestidos exatamente do mesmo jeito que os cabineiros se vestem desde o século XIX. Só que eram negros de Trinidad. E o cobrador era chinês. Quase morri de tanta alegria. Quer dizer, era o toque que faltava, todos esses anos. Enfim, se tornou o lugar perfeito..."

"Não sei muito bem como entender essa parte da história", diz Charlotte. Seu romantismo recebeu um golpe, como ele esperava. Aliás, contou a história para provocá-la. Mas ela se recusa a ficar contrariada. Quer mais. Está no clima para devaneios embriagados. "E depois vocês foram pro Norte, não foi?", ela o instiga, "pra ver a casa onde você nasceu?"

"Isso."

"Conta como foi!"

"Ah, Charley — já te contei dezenas de vezes!"

"Conta de novo — *por favor*, Geo!"

Ela é insistente como uma criança, e George raramente consegue se opor, sobretudo depois de já ter tomado alguns drinques.

"Antigamente era uma casa de fazenda, sabe? Foi construída em 1649 — o ano em que decapitaram Carlos I..."

"Ah, *1649*! Geo — imagine só!"

"Há várias outras fazendas bem mais antigas nas redondezas... Claro, ela sofreu um monte de reformas. As pessoas que moram nela agora — ele é produtor de televisão em Manchester — praticamente reconstruíram seu interior. Puseram uma escada nova e um banheiro a mais e modernizaram a cozinha. E outro dia me escreveram falando que agora botaram aquecimento central..."

"Que horror! É preciso haver uma lei que proíba as pessoas de estragarem as belas casas antigas. Essa loucura de modernizar as coisas — imagino que tenham aprendido com este maldito país."

"Não seja tacanha, Charley! A casa era praticamente inabitável. Foi construída com aquela pedra da região que parece sugar todas as gotas de umidade do ar. E umidade é o que não falta naquele clima medonho. Até no verão as paredes ficavam viscosas; e no inverno, se você entrasse num cômodo onde não se acendia a lareira fazia alguns dias, o frio era de matar. O cheiro do porão era igualzinho ao de uma tumba. Os livros viviam mofados, e o papel de parede vivia descascando, e os montes de fotos ficavam com manchas de umidade..."

"O que quer que você diga, querido, esse lugar sempre me parece de um romantismo maravilhoso. Exatamente como o Morro dos Ventos Uivantes!"

"Na verdade, é quase um subúrbio hoje em dia. Você percorre uma alameda curta e está na estrada principal, com ônibus pra Manchester passando a cada vinte minutos."

"Mas você não disse que a casa fica à beira do pântano?"

"Bem, sim — fica. Isso que é muito estranho. Fica meio que em dois mundos... Quando você olha de trás — do cômodo onde eu nasci, para ser exato — a vista não mudou nada desde que eu era menino. Ainda mal se veem as casas — só as colinas e os muros de pedras ao redor delas, e uns pontinhos brancos ao longe, as casas das fazendas. E, claro, as árvores em torno do pátio das fazendas foram plantadas muito, muito antes de eu nascer — pra proteger a casa — tem muita ventania por lá, nas montanhas — enormes faias — elas fazem um barulho meio que de ondas furiosas — é um dos primeiros sons de que me lembro — às vezes fico me perguntando se é por isso que sempre tive uma coisa de querer viver perto do mar..."

Algo está acontecendo com George. Para agradar a Charley, ele começou a invocar uma fórmula mágica, e agora a magia se apossa dele. Ele está perfeitamente consciente disso — mas qual é o problema? É divertido. Acrescenta uma nova dimensão à embriaguez. Contanto que não haja ninguém além dela para ouvir tudo. Charley dá agora um suspiro profundo de empatia e deleite, o deleite de uma viciada quando ouve alguém confessar que também é dependente.

"Tem um pub pequenininho no alto das montanhas, a última casa do vilarejo — na verdade fica numa velha estrada de terra colina acima, hoje em dia quase ninguém passa por ela. Jim e eu íamos lá à noite. Chama-se The Farmer's Boy. O salão tem um daqueles tetos rebaixados que parecem pesadíssimos, sabe, com tábuas de carvalho empenadas; e uma lareira enorme. E umas cabeças de raposa empalhadas penduradas na parede. E uma gravura da rainha Vitória montada num cavalo de corrida nas montanhas da Escócia..."

Charlotte está tão fascinada que chega a bater palmas. "Geo! Ah, consigo ver tudinho!"

"Uma noite em que estávamos lá, o pub ficou aberto até bem tarde porque era o aniversário de Jim — isto é, fecharam a porta da rua e continuaram servindo bebida. Nós nos sentimos incrivelmente acolhidos, e entornamos canecas e mais canecas de Guinness, muito mais do que queríamos, só porque era ilegal. E então apareceu a 'figura' — foi como todos o descreveram, 'ah, ele é uma figura!' — chamada Rex — que era meio que um beatnik rústico. Ele trabalhava como agricultor, mas só quando era absolutamente necessário. Começou a falar com ares de superioridade, pra impressionar a gente. Disse a Jim: 'Vocês ianques estão vivendo num mundo de fantasia'! Mas depois ficou bem mais simpático, e quando voltávamos a pé para a pousada onde estávamos hospedados, a essa altura num porre homérico, Rex e eu descobrimos algo em comum: nós dois sabíamos de cor 'Vitae Lampada', de Newbolt, porque tínhamos aprendido na escola. Então é claro que começamos a bradar: 'Jogue alto, jogue alto, e jogue o jogo!'. E quando chegamos ao segundo verso, sobre a areia do deserto ser vermelha e empapada, eu disse 'o coronel está emperrado e a metralhadora morreu', e Rex considerou essa a piada do ano, e Jim se sentou na estrada e enterrou a cara nas mãos e soltou um gemido gutural..."

"Ele não estava curtindo?"

"O Jim não estava curtindo? Ele nunca tinha se divertido tanto na vida! Durante um tempo, a minha impressão era de que eu nunca mais conseguiria tirá-lo da Inglaterra. E sabe que ele se apaixonou loucamente pelo pub? O resto da casa é uma graça, eu admito. Tem uma sala de estar no segundo piso que daria pra transformar em alguma coisa. E um jardim bem grande. Jim queria que a gente comprasse e fosse morar lá, a gente gerenciaria em dupla."

"Que ideia maravilhosa! Ah, que pena que vocês não puderam!"

"Na verdade, não seria totalmente impossível. Nós demos umas perguntadas. Acho que conseguiríamos convencê-los a vender. E é claro que Jim teria aprendido a gerenciar um pub, ele aprendia qualquer coisa. Claro que haveria uma burocracia gigante, e licenças, e coisa e tal... É, conversamos sobre a ideia. Nós até falávamos que voltaríamos este ano e estudaríamos a coisa toda um pouco mais..."

"Você acha... quer dizer, se o Jim... você *realmente* teria comprado e se instalado lá?"

"Ah, vai saber! A gente vivia fazendo planos que nem esse. Dificilmente contávamos a alguém, nem mesmo a você. Vai ver porque no fundo sabíamos que eram malucos. Mas, por outro lado, a gente fazia algumas coisas malucas, né? Bem, agora a gente nunca vai saber... Charlotte, querida, nós dois estamos precisando de um drinque."

De repente, ele ouve Charlotte dizendo: "Imagino que, para um homem, seja *diferente*...".

(O *que* seria diferente? Será que ele cochilou por alguns segundos? George se sacode para despertar.)

"... sabia que eu pensava isso sobre Buddy? Ele poderia ter morado em qualquer lugar. Era capaz de percorrer centenas de quilômetros não importa por onde, e de repente montava a barraca num lugar e dava um nome praquele lugar, e teria sido um lugar identificável simplesmente porque ele disse que seria. Afinal, não foi isso que os pioneiros fizeram neste país não muito tempo atrás? Devia estar no sangue do Buddy — mas com certeza já não está mais. Debbie nunca toleraria esse tipo de coisa... Não, Geo, juro, não estou sendo maldosa, de verdade! Eu tampouco toleraria uma coisa dessas a longo prazo. As mulheres são assim — a gente simplesmente tem que se apegar a nossas raízes. *Podemos* mudar, sim — mas isso tem que ser feito por um homem, e depois disso ele tem que permanecer com a gente e secar — quer dizer, regar — quer dizer, as novas raízes secam se não são regadas...” A voz dela se turva. Agora balança a cabeça de repente, assim como George fez momentos antes. “O que estou falando faz algum sentido?”

“Faz, Charley. Você está tentando me dizer que resolveu voltar.”

“Voltar pra casa?”

“Mas tem certeza de que ainda é a *sua* casa?”

“Ah, querido — não tenho certeza de nada — mas — agora que o Fred já não precisa mais de mim — me diga, Geo, o que é que eu estou fazendo aqui?”

“Você tem muitos amigos.”

“Tenho, claro. Amigos. E são queridos de verdade. Os Peabody e os Garfein, principalmente, e o Jerry e a Flora, e gosto muito da Myrna Custer. Mas nenhum deles *precisa* de mim. Não tem ninguém que eu sentiria culpa em deixar... Agora, Geo, seja completamente sincero — tem alguém, *quem quer que seja*, que devo sentir culpa de deixar pra trás?”

Tem eu. Não, ele se nega a dizer isso. Esse flerte é indigno deles, mesmo quando bêbados. “Sentir culpa não é motivo pra ficar, *ou* pra ir embora”, ele lhe diz, firme mas com delicadeza. “A questão é: você *quer* ir? Se quer ir, deve ir. Deixe os outros pra lá.”

Charley assente com tristeza. “É. Acho que você tem razão.”

George vai até a cozinha e prepara outra rodada. (Parecem estar bebendo bem mais rápido agora. Essa realmente deveria ser a última.) Quando ele reaparece, ela está sentada, as mãos entrelaçadas, os olhos meio perdidos. "Acho que eu deveria voltar, Geo. Tenho medo — mas estou começando a achar que eu realmente..."

"Por que você tem medo?"

"De certo modo, tenho medo. Tem a Nan, pra começar..."

"Você não teria que morar com ela, teria?"

"Não. Mas moraria. Tenho certeza de que moraria."

"Mas, Charley... sempre tive a impressão de que vocês se odiassem."

"Não nos odiamos *exatamente*. De qualquer forma, numa família, não é isso o que interessa — quer dizer, isso pode ser irrelevante. É difícil explicar, Geo, porque você nunca teve família, não é?, desde jovenzinho? Não, eu não diria que é ódio. Mas, é claro, assim que conheci o Buddy — isto é, quando a Nan descobriu que estávamos dormindo juntos — ela realmente me odiou. Quer dizer, ela odiou a sorte que eu tive. Claro, naquela época, o Buddy *era* um sonho. Qualquer irmã teria inveja. Mas essa não foi a questão principal. Ela embatucou mesmo porque o Buddy era soldado e ia me trazer pra viver nos Estados Unidos depois que nos casássemos. A Nan simplesmente morria de vontade de vir pra cá, entende? — muitas garotas tinham vontade, depois da Inglaterra do pós-guerra e dos racionamentos e tal — mas ela preferiria morrer a confessar. Ela sentia que estava sendo desleal com a Inglaterra só de querer vir. Creio que preferiria confessar que tinha inveja de mim com o Buddy! Que tal?"

"Mas é claro que ela sabe que você e o Buddy se separaram, não?"

"Ah, sim, tive que contar de uma vez, logo depois que aconteceu. Se ela descobrisse sozinha, sei lá como, teria sido vergonhoso demais, eu tinha medo... Então escrevi pra ela, contando, e ela respondeu, numa carta discretamente triunfante, abominável, dizendo que agora imagino que você *tenha* que voltar pra cá — voltar pro país do qual você desertou — foi isso que ela insinuou. Então é claro que perdi as estribeiras — você sabe como eu sou! — e respondi dizendo que estava felicíssima vivendo aqui, e que nunca mais botaria os pés naquela ilhota pavorosa. Ah, e depois — nunca te contei nada disso porque fiquei morrendo de vergonha — depois que escrevi *essa* carta, senti uma culpa tenebrosa, então passei a mandar coisas pra ela; sabe, comidinhas daquelas lojas luxuosas de Beverly Hills, tudo que é tipo de queijo e petiscos em frascos e potes. A bem da verdade, vivendo nesta suposta terra da abundância, mal conseguia bancar essas coisas! E fui uma grande idiota: em nenhum momento parei pra pensar na minha falta de tato! Na verdade, eu estava nas mãos da Nan. Quer dizer, ela deixou que eu ficasse mandando esse monte de coisa por um tempo — que ela comia, suponho — e depois me sabotou *de verdade*. Perguntou se na América a gente não tinha ouvido falar que a guerra já tinha acabado fazia um tempo e que os pacotes para a Grã-Bretanha estavam ultrapassados."

"Que criatura adorável!"

"Não, Geo — por baixo dessa casca, a Nan me ama de verdade. É só que ela quer que eu veja as coisas pelos olhos dela. Sabe, ela é dois anos mais velha, isso era muito importante quando éramos crianças. Sempre a considerei uma espécie de bússola — quer dizer, ela *leva* a algum lugar. Com ela, eu jamais vou me perder... Entende o que estou querendo dizer?"

"Não."

"Bem, deixa pra lá... Tem mais uma coisa em voltar pra minha terra — é o Passado, que também é todo ligado a Nan. É meio como voltar ao lugar onde me desviei do caminho, entende?"

"Não. Não entendo."

"Mas, Geo — *o Passado*! Você não tem como fingir que não entende o que quero dizer com isso."

"O Passado é só uma coisa que acabou."

"Ah, sério — como você *consegue* ser tão cansativo?"

"Não, Charley, estou falando sério. O Passado acabou. As pessoas fingem que não, e te mostram coisas dos museus. Mas isso não é o Passado. Você não vai encontrar o Passado na Inglaterra. Nem em lugar nenhum, aliás."

"Ah, você me cansa!"

"Escuta, por que não voltar pra uma visita? Veja a Nan, se quiser. Mas, pelo amor de Deus, não firme um compromisso."

"Não — se eu voltar, tenho que voltar pra ficar."

"*Por quê?*"

"Não aguento mais indecisão. Tenho que queimar as pontes desta vez. Achei que era isso que eu tinha feito ao vir pra cá com o Buddy. Mas desta vez, eu tenho que…"

"Ah, pelo amor de Deus!"

"Sei que vou encontrar tudo mudado. Sei que vou ver muita coisa que vou detestar. Sei que vou sentir falta de todos esses supermercados e eletrodomésticos e conveniências. Provavelmente vou pegar uma gripe atrás da outra, depois de viver no clima daqui. E imagino que você tenha plena razão — eu *vou* ficar infeliz, morando com a Nan… Não dá pra evitar. Pelo menos, estando lá, vou saber *onde estou.*"

"Nunca na vida ouvi uma bobagem masoquista maior do que essa!"

"Bem, entendo que soe assim. E talvez seja assim! Você acha que o masoquismo é o nosso jeito de ser patriotas? Ou será que estou querendo dizer o contrário? Que divertido! Querido, vamos tomar mais um drinquezinho? Vamos brindar o masoquismo da Velha Inglaterra!"

"Melhor não, Charley. Hora de ir para a cama."

"Geo — *você está indo embora*?"

"Preciso ir, Charley."

"Mas quando é que eu vou te ver?"

"Logo. Isto é, a não ser que você já esteja de partida pra Inglaterra."

"Ah, não me venha com gozação! Você sabe muito bem que não! Eu levaria séculos só pra me preparar... Talvez eu não vá coisíssima nenhuma. Como lidar com toda a mudança e as despedidas, e o *esforço*? Não — talvez eu nunca vá..."

"A gente vai conversar mais sobre o assunto. Muito mais... Boa noite, querida."

Ela se levanta quando ele se curva para lhe dar um beijo. Eles se esbarram, sem jeito, e quase caem e rolam no chão. Ele a ajuda a se equilibrar, desequilibrado.

"Eu detestaria te deixar, Geo."

"Então não me deixe."

"O jeito como você diz isso! Acho que você não se importa se vou ou se fico."

"Claro que me importo!"

"De verdade?"

"De verdade!"

"Geo?"

"Diga, Charley."

"Acho que o Jim não gostaria que eu te deixasse aqui sozinho."

"Então não me deixe."

"Não — estou falando seríssimo! Você lembra de quando nós dois fomos de carro a San Francisco? Em setembro, deve ter sido, do ano passado, assim que você voltou da Inglaterra..."

"Lembro."

"O Jim não pôde ir com a gente naquele dia. Não lembro por quê. Ele foi nos encontrar no dia seguinte, de avião... Bem, de qualquer modo, quando você e eu estávamos entrando no carro, ele me falou uma coisa. Uma coisa que nunca vou me esquecer... Já te contei?"

"Acho que não." (Ela lhe contou pelo menos seis vezes, sempre muito embriagada.)

"Ele me falou: 'Vocês dois cuidem um do outro'."

"Ele falou isso?"

"Falou, sim. Foram exatamente essas as palavras dele. E, Geo, creio que ele não quis dizer só: se cuidem. Ele quis dizer algo *mais*..."

"O que ele quis dizer?"

"Isso foi menos de dois meses, não foi, antes de ele ir pra Ohio... Creio que disse *se cuidem* porque ele *sabia*..."

Balançando um pouco, ela o encara séria mas debilmente, como se o olhasse com dificuldade, assim como um peixe, por entre todo o álcool que ingeriu. "*Você* acredita nisso, Geo?"

"Como a gente pode saber o que ele sabia, Charley? Quanto a cuidarmos um do outro, podemos ter certeza de que é o que ele queria." George põe as mãos nos ombros dela. "Então agora vamos dizer um ao outro que precisamos dormir, que tal?"

"Não, espere..." Ela é igual a uma criança que evita a hora de ir para a cama fazendo perguntas. "Você acha que o pub ainda está à venda?"

"Espero que sim... É uma ideia! Por que a gente não compra ele, Charley? O que você acha? A gente pode se embebedar e ganhar dinheiro ao mesmo tempo. Seria mais divertido do que morar com a Nan."

"Ah, querido, que amor! Você acha que a gente pode *mesmo* comprar? Não — você não está falando sério, né? Dá pra ver que não. Mas nunca diga nunca. Vamos fazer planos, que nem você e o Jim faziam. Ele gostaria que nós fizéssemos planos, não gostaria?"

"Claro que sim... Boa noite, Charley."

"Boa noite, Geo, meu amor..." Enquanto se abraçam, ela o beija bem na boca. E de repente enfia a língua. Ela já fez isso antes, várias vezes. É uma daquelas apostas altas que a gente faz quando bebe, daquelas que poderiam muito bem, pelo menos em tese, uma vez a cada dez mil tentativas, tirar de órbita uma relação e fazê-la sair zunindo em outra. Será que as mulheres um dia param de tentar? Não. Mas, como não param nunca, aprendem a ser boas perdedoras. Quando, depois de uma pausa conveniente, ele começa a recuar, ela não tenta se agarrar a ele. E agora aceita sua partida sem impor mais resistência. Ele a beija na testa. Ela é como uma criança que enfim se sujeita a ser acomodada na caminha.

"Durma bem."

George se vira, abre a porta da casa, dá um passo e — OPA! — chega muito, muito perto de rolar de cabeça escada abaixo — escada inteira — ah, e inconcebivelmente mais além — dez, cinquenta, um milhão de metros noite negra sem fundo adentro. Só a mão na maçaneta o salva.

Ele se vira, grogue, com o coração na boca, para dar um sorriso a Charlotte, mas por sorte ela se retirou para algum outro canto. Não o viu cometer essa idiotice. O que foi verdadeiramente providencial, já que, caso *tivesse* visto, teria insistido que ele passasse a noite lá, o que implicaria, bem, na melhor das hipóteses, um café da manhã tão tardio que seria brunch; o que implicaria mais drinques; o que implicaria uma sesta e o jantar, e mais e mais e mais drinques em seguida... Isso de fato já aconteceu antes.

Mas desta vez ele escapou. E agora fecha a porta da casa com o cuidado de um arrombador, senta no primeiro degrau, respira fundo e se dá um sermão tranquilo e firme. Você está bêbado. Ah, seu velho idiota, como ousa ficar tão bêbado? Bem, agora escuta: vamos descer esses degraus bem devagarinho, e quando chegarmos lá embaixo vamos direto pra casa e vamos subir e ir logo pra cama, sem nem escovar os dentes. Pronto, está entendido? Agora, vamos lá...

* * *

Pois muito bem.

Como explicar, então, que, já com o pé na ponte sobre o riacho, George de repente se vira, ri sozinho, e com o movimento de uma criança se desvencilhando de um adulto — o velho guardião Córtex — sai correndo pela ponte, gargalhando, em direção ao mar?

Ao sair trotando da Camphor Tree Lane rumo a Las Ondas, ele vê as luzes das portinholas verdes redondas do Starboard Side, na esquina da autoestrada de frente para a praia, brilhando para lhe dar as boas-vindas.

O Starboard Side está ali desde o início da colônia. O bar, outrora um balcão de lanchonete, serviu aos vizinhos suas primeiras cervejas pós-Lei Seca; e o espelho atrás dele às vezes era honrado pelo reflexo de Tom Mix. Mas seu auge veio depois. Aquele verão de 1945! A guerra estava praticamente acabada. O blecaute não passava de desculpa para a suruba. Uma placa em cima do bar anunciava: "Em caso de impacto direto, fechamos imediatamente". O que deveria ser piada, é claro. E no entanto, do outro lado da baía, nas águas profundas sob os despenhadeiros de Palos Verdes, jazia um submarino japonês de verdade cheio de japoneses mortos de verdade, bombardeados depois de afundar dois ou três navios próximos da costa californiana.

Você puxava de lado a cortina blecaute e se acotovelava entre os clientes do bar superlotado, mal conseguindo respirar ou enxergar, tamanha a fumaça. Aqui, na privacidade absoluta do barulho e da multidão, você e o escolhido berravam as investidas sexuais preliminares um para o outro. Podia flertar, mas não podia brigar; não havia nem espaço para socar a cara de alguém. Para isso, era preciso ir lá fora. Ah, as batalhas sangrentas e os vômitos na calçada! Os murros voando, as cabeças batendo nos para-lamas dos carros estacionados! Sapatas agressivas enormes aplicando força bruta, bem mais ferozes do que os homens. A chegada da polícia com o gemido das sirenes; as súbitas varreduras da patrulha costeira. Garotas descendo de seus apartamentos para arrastar lá para cima um lindo jovem bêbado em perigo, para lhes dar segurança e café da manhã na cama no dia seguinte, um milagre da alegria. Militares pedindo carona se detinham nesse canto por horas, noites, dias; seguiam enfim suas jornadas de olho roxo, chato, gonorreia, e apenas uma ligeira lembrança da anfitriã ou do anfitrião.

E então o fim da guerra e a farra louca de subir e descer a autoestrada com a gasolina que no mesmo instante parou de ser racionada, deixando no asfalto enormes nacos pretos de pneu recauchutado até chegar a Malibu. E depois os meses de praia de 1946. A miséria mágica daquelas noites calorentas, quando a costa inteira estava viva com as labaredas de chamas, as fogueiras de uma vasta tribo bárbara nua — cada grupo ou par isolado e sem incomodar ninguém, mas todos uma parte da vida do acampamento tribal — nadando na escuridão, assando peixe, dançando com a música do rádio, copulando sem vergonha na areia. George e Jim (que tinham acabado de se conhecer) estavam lá, entre eles, noite após noite, mas não numa frequência suficiente para saciar o triste apetite brutal da memória, ao olhar para trás com sofreguidão para aquele glorioso verão de lascívia.

Os militares que pediam carona são poucos agora e a maioria é domesticada, vão e voltam da base de lançamento de mísseis para suas casas e mulheres. As fogueiras nas praias são proibidas, a não ser em áreas destinadas a piqueniques, onde é preciso sentar nos bancos das mesas coletivas e não se pode trepar de jeito nenhum. Mas, embora grande parte da glória tenha se dissipado, ainda assim — graças aos velhos deuses da desordem, perseguidos mas imortais — este último quarteirão de Las

Ondas ainda tem má reputação. Pessoas de respeito a evitam de forma instintiva. Corretores de imóveis a deploram. O valor dos imóveis é baixo. Os hoteizinhos são novos mas ordinariamente grudados e já imundos como cortiços; atendem às trepadas casuais. E, apesar de os resquícios de carvão daqueles luaus com orgias bárbaras já terem há muito se misturado à areia, esse trecho da costa continua poluído pelo lixo; gangues de colegiais ainda pintam enormes palavrões no quebra-mar, e ainda é mais difícil achar conchas do que camisinhas descartadas.

A glória do Starboard Side também feneceu, só um autêntico devoto como George ainda é capaz de detectar um derradeiro e tênue brilho nele. O espaço foi despojado de seus troféus navais empoeirados e fotografias amareladas de grupos. Logo depois do Ano-Novo ele será o que ousam chamar de redecorado, isto é, profanado em benefício da turba de estranhos inexpressivos do próximo verão. Já tem uma nova jukebox e uma televisão nova afixada no alto da parede, de tal modo que você pode virar metade do corpo para a direita, apoiar os cotovelos no balcão e se entregar a um torpor bovino, os olhos fixos na tela. É o que a maioria dos fregueses está fazendo quando George entra.

Ele vai sem equilíbrio mas com determinação até sua mesinha predileta, no canto, de onde não se enxerga a tela da TV. Na mesa ao lado, dois outros rebeldes não hipnotizados, um casal mais velho que faz parte do último punhado de colonos sobreviventes, praticam sua forma de amor; um moderado alcoolismo belicoso que lhes possibilita viver em uma relação-de-brincadeira, feito crianças. *Sua mala velha, seu velho idiota, sua vaca velha, seu velho canalha* — raiva sem rancor, abuso sem veneno. É assim que será para eles, até o fim. Vamos torcer para que nunca se separem, e que morram na mesma hora da mesma noite, em sua cama manchada de cerveja.

E agora os olhos de George percorrem o bar; pousam numa figura sentada sozinha, no canto mais próximo da porta. O rapaz não assiste à TV; na verdade, está muito compenetrado no que escreve no verso de um envelope. Enquanto escreve, sorri consigo mesmo e esfrega a lateral do narigão com o dedo indicador. É Kenny Potter.

A princípio, George não se mexe; parece mal esboçar reação. Mas depois um lento sorriso resoluto separa seus lábios. Ele se inclina para a frente, observando Kenny com o deleite de um naturalista que identifica um passarinho rosado de coroa cinza na árvore de uma praça pública. Passado um minuto, ele se levanta, atravessa o bar quase furtivamente e se senta no banco ao lado de Kenny.

"Oi, tudo bem?", ele diz.

Kenny se vira depressa, vê quem é, ri alto, amassa o envelope e o joga por cima do balcão na lixeira. "Olá, professor."

"Por que você fez isso?"

"Ah. Nada."

"Eu te atrapalhei. Você estava escrevendo."

"Não era nada. Só um poema."

"E agora o mundo ficou sem ele!"

"Eu vou me lembrar. Agora que anotei."

"Poderia recitar pra mim?"

Isso provoca em Kenny um acesso de gargalhada. "É maluco. É...", ele engole as risadas. "É um... um *haiku*!"

"Bom, o que tem de tão maluco num haiku?"

"Eu teria que contar as sílabas primeiro."

Mas é óbvio que Kenny não vai contar nada agora. George diz: "Não esperava te ver por estas redondezas. Você não mora do outro lado da cidade, perto do campus?".

"Moro. Só que às vezes eu gosto de fugir de lá."

"Mas quem diria que você ia escolher justamente este bar!"

"Ah, foi porque um dos garotos me falou que volta e meia o senhor vem aqui."

"Quer dizer que você veio aqui me ver?" Talvez George diga isso com uma avidez um pouco excessiva. De qualquer modo, Kenny deixa para lá com um sorriso provocador: "Pensei em ver que tipo de lugar era".

"Agora não é nada. Mas era bem interessante. E me acostumei a vir aqui. Moro pertinho, sabe?"

"Camphor Tree Lane?"

"Como é que você sabe?"

"Era pra ser segredo?"

"Ora bolas — claro que não! Alguns alunos vêm me ver, de vez em quando. Digo, sobre os trabalhos..." George imediatamente se dá conta de que soa defensivo e culpado até não poder mais. Será que Kenny percebeu? Ele está sorrindo, mas tem sorrido o tempo inteiro. George acrescenta, com um fiapo de voz: "Você parece saber muito de mim e dos meus hábitos. Muito mais do que sei sobre qualquer um de vocês...".

"Acho que não tem muita coisa pra saber sobre nós!" Kenny lhe lança um olhar desafiador zombeteiro. "O que gostaria de saber sobre nós?"

"Ah, vou pensar em alguma coisa. Me dê um tempinho... Me diga uma coisa: o que você está tomando?"

"Nada!" Kenny ri. "Ele ainda nem me notou." E, de fato, o atendente está absorto na luta que passa na TV.

"Bom, o que você vai tomar?"

"O que o senhor vai tomar?"

"Uísque escocês."

"Está bem", Kenny diz, num tom que sugere que teria concordado com igual prontidão se fosse leite. George chama o atendente — bem alto, para que ele não possa fingir que não escutou — e pede. O atendente, com vontade de criar caso, exige a identidade de Kenny. Então só lhe resta mostrar. George diz, num tom de reprovação: "A essa altura você já devia me conhecer, acha mesmo que eu seria idiota a ponto de comprar bebida para um menor?".

"Temos que verificar", diz o sujeito, totalmente insensível a críticas. Ele lhes dá as costas e se afasta. George sente um breve ímpeto de raiva impotente. Foi feito de bobo, e na frente de Kenny.

Enquanto esperam as bebidas, ele pergunta: "Como você chegou aqui? Veio de carro?".

"Não tenho. A Lois me trouxe."

"Então cadê ela?"

"Acho que foi pra casa."

George sente que algo não se encaixa. Mas, seja lá o que for, Kenny não parece estar preocupado. Acrescenta, em tom vago: "Pensei em dar uma caminhada".

"Mas como é que você vai voltar?"

"Ah, eu dou um jeito."

(Uma voz dentro de George diz: Você poderia convidá-lo a passar a noite na sua casa. Dizer que de manhã você o leva de carro.

Quem você está pensando que eu sou?, George pergunta.

Foi só uma sugestão, diz a voz.)

As bebidas chegam. George diz a Kenny: "Escuta, por que a gente não senta ali, na mesa do canto? Essa maldita televisão fica atraindo o meu olhar".

"Está bem."

Seria divertido, George pensa, se os jovens fossem um pouco menos passivos. Mas é pedir demais. É preciso fazer o jogo deles, ou não fazer nenhum. Quando se acomodam nas cadeiras, um de frente para o outro, George diz: "Ainda estou com o meu apontador", e, tirando-o do bolso, ele o joga na mesa, como se jogasse dados.

Kenny ri: "Já perdi o meu!".

* * *

E agora talvez tenha se passado uma hora. E os dois estão embriagados; Kenny um pouco, George muito. Mas George está embriagado de um jeito bom, coisa rara. Tenta descrever a si mesmo como é esse tipo de embriaguez. Bem — para falar em termos muito gerais —, é como Platão, é um Diálogo. Um diálogo entre duas pessoas. Sim, mas não um diálogo platônico no sentido de buscar pelo em ovo, tergiversar, ponto-para-mim; não é uma competição de críticas pseudomodesta; não é um debate sobre um tema árido sobre um tema predefinido. É possível falar de qualquer coisa e mudar de assunto quando se bem entender. Na verdade, o que interessa mesmo não é do que se fala, mas estar junto nessa dada relação. George não consegue se imaginar entabulando um diálogo como esse com uma mulher, pois as mulheres só conseguem falar em termos pessoais. Um homem de sua idade serviria, se houvesse algum tipo de polaridade — por exemplo, se fosse negro. Você e seu parceiro de diálogo têm de ser opostos de alguma forma. Por quê? Porque vocês têm de ser figuras simbólicas — como, neste caso, Juventude e Maturidade. Por que têm de ser simbólicas? Porque o diálogo é por natureza impessoal. É um encontro simbólico. Não implica pessoalmente nenhum dos participantes. É por isso que, num diálogo, você pode dizer qualquer coisa. Mesmo a confidência mais íntima, o segredo mais inconfessável, é tomado objetivamente como metáfora ou exemplo, que jamais poderá ser usado contra você.

George gostaria de explicar tudo isso a Kenny. Mas é muito complicado, e não quer correr o risco de descobrir que ele não consegue entender. Acima de tudo, quer que Kenny entenda; quer ser capaz de acreditar que Kenny sabe qual é o cerne desse diálogo. E realmente, neste momento, parece possível que Kenny saiba *mesmo*. George quase sente o campo magnético do diálogo rodeando os dois e irradiando. *Ele* sem dúvida se sente irradiado. Quanto a Kenny, ele está lindo. *Radiante de afinidade* é a expressão que George acha para descrevê-lo. Pois o que brilha em Kenny não é a mera inteligência ou qualquer tipo de charme ativado. Ali estão os dois sentados, trocando sorrisos — ah, bem mais do que isso — radiantes de entendimento mútuo.

"Diga alguma coisa", ele ordena a Kenny.

"Tenho que dizer?"

"Sim."

"Dizer o quê?"

"Qualquer coisa. Qualquer coisa que pareça importante neste momento."

"Esse é o problema. Não sei o que é importante e o que não é. Tenho a impressão de que minha cabeça está cheia de coisa que não importa — quer dizer, importa pra mim."

"Por exemplo..."

"Olha, não quero entrar no lado pessoal... mas... bem, as coisas que o senhor discute nas aulas..."

"Não importam pra você?"

"Minha nossa, senhor — eu *disse* que não era pessoal! Suas aulas são bem melhores do que a maioria, a classe toda acha. E o senhor tenta fazer com que os livros se encaixem no que está acontecendo atualmente — só que, não é culpa do senhor, mas — a gente sempre parece acabar enredado no Passado; como hoje de manhã, com o Titono. Escuta, não quero criticar o Passado; talvez ele signifique muito pra mim quando eu for mais velho. Só estou dizendo que o Passado não importa de verdade para a maioria do pessoal da minha idade. Quando a gente fala como se importasse, é só por educação. Imagino que seja por não termos um passado nosso — a não ser coisas que queremos esquecer, feito as coisas da escola, e as vezes que agimos como idiotas..."

"Bom, ótimo! Dá pra entender. Vocês não precisam do Passado, por enquanto. Vocês têm o Presente."

"Ah, mas o Presente é um porre! Simplesmente detesto o Presente — quer dizer, a forma como ele está agora — quer dizer, esta noite é uma exceção, claro... O senhor está rindo do quê?"

"Esta noite *sí*! O Presente — *no*!" George está falando alto demais. Algumas pessoas do bar viram a cabeça. "Um brinde a Esta Noite!" Ele bebe com um floreio.

"Esta noite — *sí*!" Kenny ri e bebe.

"O.k.", diz George. "O Passado — não serve pra nada! O Presente — nada bom! É verdade! Mas tem uma coisa que vocês não podem negar: vocês estão condenados ao Futuro. Vocês não têm como desdenhar desse fato."

"Imagino que seja verdade. O que restou dele. Talvez não exista muita coisa, com aqueles mísseis todos..."

"Morte."

"Morte?"

"Foi o que eu disse."

"Como assim? Não estou entendendo."

"Eu disse Morte. Disse, você pensa muito na Morte?"

"Ah, não. Quase nunca. Por quê?"

"O Futuro — é onde está a Morte."

"Ah — é. É — talvez o senhor tenha razão aí." Kenny sorri. "Quer saber de uma coisa? Talvez as gerações anteriores à nossa pensassem muito mais na Morte do que nós. O que eu quero dizer é que os garotos devem ter perdido a cabeça, pensando que seriam mandados pruma guerra banal e morreriam enquanto os pais ficavam em casa e se faziam de patriotas. Mas não vai ser mais assim, não mais. Estaríamos todos no mesmo barco."

"Você ainda pode ficar bravo com os mais velhos. Por causa de todos os anos a mais que vão viver antes de explodirem."

"Sim, isso mesmo, posso, né? Talvez eu fique. Talvez fique bravo com o senhor."

"Kenneth..."

"Diga, professor."

"Só por uma questão de puro interesse sociológico, por que você insiste em me chamar de senhor?"

Kenny sorri de um jeito provocativo. "Eu paro se o senhor quiser."

"Não pedi pra você parar. Perguntei por quê."

"Por que o senhor não gosta? Mas imagino que nenhum de vocês goste."

"Você quer dizer, nenhum de nós que somos velhos?" George dá um sorriso benevolente. Porém, sente que a relação simbólica começa a sair do controle. "Bem, a explicação normal é que não gostamos que nos lembrem..."

Kenny balança a cabeça em tom resoluto. "Não."

"Como assim, não?"

"O senhor não é assim."

"É pra ser um elogio?"

"Talvez... A questão é que eu *gosto* de chamá-lo de senhor."

"Gosta?"

"O que é muito falso hoje em dia é toda a intimidade. Fingir que não existe diferença entre as pessoas — bem, como o senhor estava falando sobre as minorias hoje de manhã. Se não há nenhuma diferença entre nós dois, o que temos pra dar um ao outro? Como poderíamos ser amigos?"

Ele entende *sim*, George pondera, encantado. "E dois jovens, podem ser amigos?"

"É outra coisa. Podem, sim, de certo modo. Mas tem sempre essa coisa de competição no meio. Todos os jovens estão meio que competindo entre si, sabia?"

"Sim, imagino — a não ser que estejam apaixonados."

"Talvez mesmo assim. Vai ver que é isso que anda mal com..." Kenny se cala de repente. George o observa, esperando ouvir um segredo sobre Lois. Mas ele não vem. Pois Kenny obviamente está seguindo outra linha de pensamento bem diferente. Ele fica em silêncio por alguns instantes e — sim, de fato — ele fica vermelho! "Vai parecer uma enorme pieguice, mas..."

"Não tem problema. Vá em frente."

"Às vezes eu queria — quer dizer, quando a gente lê aqueles romances vitorianos — eu teria odiado viver naquela época, a não ser por uma única coisa — Ah, droga — não consigo dizer!" Ele se interrompe, ruborizando e rindo.

"Deixe de bobagem!"

"Quando eu falo nisso, é uma pieguice, é o fim! Mas — eu teria gostado de viver quando era possível chamar o pai de senhor."

"O seu pai está vivo?"

"Ah, claro."

"Por que não o chama de senhor, então? Tem filhos que chamam, até hoje."

"Não o meu pai. Ele não faz esse tipo. Além do mais, ele não é presente. Ele deu as costas pra nós há alguns anos... Droga!"

"Qual é o problema?"

"O que foi que me levou a contar isso tudo ao senhor? Estou bêbado ou o quê?"

"Não mais bêbado do que eu."

"Devo estar bebão."

"Olha — se isso te incomoda — vamos esquecer que você me contou."

"*Eu* não vou esquecer."

"Ah, vai sim. Você vai esquecer se eu disser que é pra você esquecer."

"Vou?"

"Aposto que vai!"

"Bem, se o senhor diz — tudo bem."

"Tudo bem, *professor*."

"Tudo bem, *professor*!" Kenny sorri de repente. Está satisfeito de verdade, tão satisfeito que a própria satisfação o constrange. "Escuta, sabe — quando vim até aqui — quer dizer, quando achei que poderia topar com o senhor esta noite — tinha uma coisa que eu queria perguntar. Acabei de lembrar o que era..." Ele engole o resto do drinque com um longo gole. "É sobre experiência. Vivem dizendo: quando você for mais velho, vai ter experiência — e essa ideia deveria ser ótima. O que o senhor poderia me dizer sobre isso? O senhor diria que vale para alguma coisa?"

"Que tipo de experiência?"

"Bom — lugares aonde o sujeito foi, pessoas que conheceu. Situações pelas quais já passou, então sabe como enfrentar quando acontecem de novo. Toda essa coisa que deveria tornar o sujeito mais sábio, na velhice."

"Vou te dizer uma coisa, Kenny. Não posso falar pelos outros, mas, quanto a mim, não me tornei mais sábio em relação a nada. Sem dúvida, passei por isso e aquilo; e quando acontece de novo digo a mim mesmo, lá vem de novo. Mas tenho a impressão de que não ajuda. Na minha opinião, eu pessoalmente fui ficando cada vez mais bobo — e essa é a verdade."

"O senhor está de brincadeira! Não é possível! Quer dizer, mais bobo do que era quando jovem?"

"Muito, muito mais bobo."

"Mas que droga... Então a experiência não serve de nada? O senhor está dizendo que daria na mesma se nunca tivesse acontecido?"

"Não. Não é isso. Só estou dizendo que não dá pra *tirar proveito* da experiência. Mas basta não tentar fazer isso — basta simplesmente se dar conta de que ela está lá e ela é sua — então ela pode ser meio que incrível..."

"Vamos nadar", Kenny sugere de repente, como se tivesse ficado entediado com a conversa.

"Está bem."

Kenny inclina a cabeça para trás e gargalha desenfreadamente. "Ah — que ótimo!"

"O que é ótimo?"

"Era um teste. Achei que o senhor estivesse blefando, sobre ser bobo. Então pensei comigo mesmo, vou sugerir alguma coisa maluca, e se ele fizer objeção — se sequer hesitar — vou saber que era tudo blefe... O senhor não se importa de eu lhe contar isso, se importa, senhor?"

"Por que deveria?"

"Ah, que ótimo!"

"Bem, eu não estou blefando — então o que você está esperando? *Você* não estava blefando, estava?"

"De jeito nenhum!"

Eles se levantam, pagam, saem depressa do bar e cruzam a autoestrada, e Kenny salta o gradil e cai, cerca de dois metros e meio de distância, na praia. George, nesse ínterim, está subindo no gradil, o corpo meio endurecido. Kenny olha para cima, o rosto ainda iluminado pelos postes do calçadão: "O senhor precisa pôr os pés nos meus ombros". George obedece, com uma confiança de bêbado, e Kenny, com a destreza de um bailarino, o pega pelos tornozelos e panturrilhas e o coloca quase imediatamente na areia. Durante a descida, seus corpos se roçam, breve mas asperamente. O campo magnético do diálogo é rompido. A relação deles, seja qual for agora, já não é mais simbólica. Eles se viram e começam a correr em direção ao mar.

As luzes já parecem ter ficado muito, muito para trás. São claras, mas não lançam feixes de luz; talvez iluminem uma camada de neblina alta. Mal se veem as ondas adiante. O negror delas é imensamente frio e molhado. Kenny está arrancando as roupas com gritos de alegria. O ultimíssimo resquício da cautela de George está ciente das luzes e da possibilidade de patrulhas e policiais, mas ele não vacila, já não é mais capaz; essa corrida desde o bar só pode terminar na água. Ele se despe sem jeito, tropeçando na calça. Kenny, agora nu em pelo, já mergulhou e entrou de uma vez, como um guerreiro nativo destemido, para atacar as ondas. A ressaca está fortíssima. George se debate ao pisar sobre umas pedras. Quando enfim consegue atravessá-las e sente a areia sob os pés, vê Kenny saindo da noite, pegando jacaré e passando por ele sem nem uma olhada; uma criatura aquática absorta em seu ambiente.

Quanto a George, as ondas são grandes demais para ele. Parecem de fato imensas, imponentes, a escuridão se desenrolando da escuridão, misteriosa e horrivelmente cintilante, depois se curvando numa bofetada trovejante de espuma que faísca por causa do fósforo. George tem centelhas pelo corpo inteiro, e ri, encantado, ao se ver cheio de pedrinhas preciosas. Gargalhando, ofegando, sufocando, está embriagado demais para sentir medo; a água salgada que engole parece tão inebriante quanto o uísque. De vez em quando tem vislumbres formidáveis de Kenny descendo sobre algum precipício de espuma. Depois, atento aos próprios ritos de purificação, George cambaleia de novo, de braços abertos, para receber o batismo atordoante das ondas. Entregando-se completamente a elas, ele se livra de pensamentos, falas, disposições, desejos, eus inteiros, vidas inteiras; retorna vezes sem conta, ficando sempre mais limpo, mais livre, menos. Está totalmente feliz sozinho; basta saber que Kenny e ele são os únicos que compartilham o elemento. As ondas e a noite e o barulho existem só para que brinquem. Enquanto isso, a menos de duzentos metros, a luz brilha na costa e os carros passam pela autoestrada, lançando seus longos raios de luz. Nas colinas escuras veem-se as luzes nas janelas das casas secas, onde os secos vão secamente para suas camas secas. Mas George e Kenny são prófugos da secura; escaparam pela fronteira rumo ao mundo da água, abandonando as roupas à guisa de taxa alfandegária.

E agora, de repente, surge uma onda grande, de grandiosidade apocalíptica, e George está bem longe, quase que não dá pé, nu e minúsculo diante dela, sob a crista de sua agitação retumbante e a ameaça violenta de seu rompimento. Tenta atravessá-la mergulhando — mesmo agora não sente medo de verdade — mas acaba sendo apanhado e levantado, virado e revirado, caindo e chutando rumo à superfície que pode estar em cima ou embaixo ou do lado, ele já não sabe mais.

E agora Kenny arrasta para fora George e suas pernas grogues. Suas mãos estão nas axilas de George e Kenny ri e fala como uma babá: "Agora já chega!". E George, ainda embriagado pela água, arfa: "Eu estou bem" e quer voltar para a água. Mas Kenny diz: "Bem, *eu* não quero — estou com frio", e assim como uma babá ele seca George com sua própria camiseta, não a de George, até George dizer para ele parar porque está com as costas doendo. Neste momento a relação de babá é tão convincente que George tem a impressão de que poderia se encolher e cair no sono ali mesmo, reduzido ao tamanho de uma criança na segurança da grandiosidade de Kenny. O corpo de Kenny parece ter se tornado gigantesco desde que saiu da água. Tudo nele é exuberante — os dentes brancos do sorriso, os ombros largos encharcados, o torso magro e alto com o sexo bem-dotado, e as pernas compridas, que agora começam a tremer.

"A gente pode ir pra sua casa?", ele pergunta.

"Claro. Para onde mais?"

"Para onde mais?", Kenny repete, parecendo achar muita graça. Ele pega as roupas e se vira, ainda nu, para a autoestrada e as luzes.

"Você está louco?", George berra para ele.

"O que foi?", Kenny olha para trás, sorridente.

"Você vai andando até lá assim? Está louco? Vão chamar a polícia!"

Kenny encolhe os ombros, bem-humorado. "Ninguém iria nos ver. Somos invisíveis — o senhor não sabia disso?"

Mas ele veste as roupas, agora, e George também veste as dele. Quando voltam a andar pela praia, Kenny passa o braço em torno do ombro de George. "Quer saber de uma coisa? Nunca deviam permitir que o senhor saísse sozinho. O senhor pode se meter numa bela enrascada."

A caminhada deixa George bem mais sóbrio. Quando chegam à casa dele, já não vê os dois como criaturas aquáticas selvagens, mas sim um professor idoso de cabelo molhado que traz para casa um aluno ensopado no meio da noite. George fica travado e quase rude. "O banheiro é lá em cima. Vou te arrumar uma toalha…"

Kenny reage à formalidade na mesma hora. "O senhor não vai tomar banho também?", ele pergunta em tom respeitoso, um pouco decepcionado.

"Posso tomar depois… Queria ter umas roupas do seu tamanho pra te emprestar. Você vai ter que se enrolar num lençol enquanto a gente seca as suas coisas no radiador. É um processo meio lento, infelizmente, mas é o que dá pra fazer…"

"Escuta, professor — eu não quero atrapalhar. Que tal eu ir embora agora?"

"Deixa de bobagem. Você pegaria pneumonia."

"As minhas roupas vão secar no corpo. Não tem problema."

"Pelo amor de Deus! Vamos lá em cima que eu te mostro onde estão as coisas."

A recusa de George em deixá-lo ir embora parece ter agradado a Kenny. De qualquer modo, ele faz um escarcéu no chuveiro, mais do que cantar, ele solta muitos berros. Deve estar acordando os vizinhos, George pensa, mas e daí? Seu bom humor voltou, ele se sente animado, contente, vivo. Em seu quarto, despe-se rápido, põe o roupão felpudo branco e grosso, desce correndo as escadas, liga a chaleira e prepara sanduíches de atum com tomate no pão de centeio. Já estão arrumados numa bandeja na sala quando Kenny desce, envolto no lençol de qualquer jeito, ao estilo salvo-de-um-naufrágio.

Kenny não quer nem café nem chá, diz que prefere uma cerveja. Então George pega uma lata na geladeira e sem pensar se serve uma bela dose de uísque. Volta e se depara com Kenny examinando a sala como se ela o fascinasse.

"O senhor mora sozinho?"

"Moro", diz George, e acrescenta com um quê de ironia: "Isso te surpreende?".

"Não. Um dos garotos disse mesmo que achava que o senhor morasse sozinho."

"Na verdade, eu dividia a casa com um amigo."

Mas Kenny não demonstra curiosidade em relação ao amigo. "O senhor não tem nem um gato ou um cachorro nem nada?"

"Você acha que eu deveria ter?", George pergunta, um pouco agressivo. O coitado do velho não tem ninguém para amar, Kenny deve estar pensando.

"De jeito nenhum! Não foi Baudelaire que disse que eles são propensos a virar demônios e dominar a vida da gente?"

"Algo assim... Mas esse meu amigo tinha um monte de animais e eles não pareciam ter dominado *a gente*... Claro que é diferente quando são duas pessoas. A gente sempre concordava que nenhum dos dois iria querer continuar com os animais se o outro não estivesse..."

Não, Kenny não tem curiosidade nenhuma por isso. Aliás, ele está concentrado em dar uma enorme mordida no sanduíche. Então George lhe pergunta: "Está bom?".

"E como!" Ele sorri para George de boca cheia, depois engole e diz: "Sabe de uma coisa? Acho que o senhor descobriu o segredo da vida perfeita!".

"Descobri?" George acabou de engolir quase um quarto do uísque, para abafar um espasmo que começou quando falou de Jim e dos animais. Agora ele sente que o álcool bate em cheio. É estimulante, mas sobe rápido demais.

"O senhor não imagina quantos garotos da minha idade sonham com esse tipo de arranjo. Quer dizer, vai querer mais o quê? Não é preciso acatar as ordens de ninguém. Pode fazer qualquer loucura que passar pela cabeça."

"E essa é a sua ideia de vida perfeita?"

"Claro que é!"

"Sério?"

"Qual é o problema? O senhor não acredita em mim?"

"O que eu não entendo muito bem é: se você está tão interessado em morar sozinho — qual é o papel da Lois nisso?"

"A Lois? O que ela tem a ver com isso?"

"Escuta, Kenny — não quero me intrometer — mas, com ou sem razão, eu tinha a impressão de que você e ela talvez estivessem, bem, cogitando..."

"Casamento? Não. Nem pensar."

"Não...?"

"Ela diz que não vai casar com um ocidental. Diz que não pode levar as pessoas deste país a sério. Acha que nada do que a gente faz *significa* alguma coisa. Quer voltar para o Japão e dar aula."

"Mas ela é cidadã americana, não?"

"Sim, claro. Ela é nissei. Mas mesmo assim ela e toda a família foram despachadas para um daqueles campos de concentração no interior assim que a guerra começou. O pai teve que vender os negócios por uma ninharia, praticamente doou, a uns vigaristas que pegavam todos os bens dos japoneses e diziam estar se vingando de Pearl Harbour! Ela era pequena na época, mas não dá pra esperar que alguém se esqueça de uma coisa dessas. Diz que todos eles foram tratados como estrangeiros inimigos; ninguém dava a mínima pra que lado eles defendiam. Os negros foram os únicos que trataram os caras com decência. E alguns pacifistas. Nossa, ela tem todo o direito de odiar a gente! Não que ela odeie, na verdade. Ela parece sempre ter a capacidade de ver o lado engraçado das coisas..."

"E o que você sente por ela?"

"Ah, eu gosto muito dela."

"E ela gosta de você, não?"

"Acho que sim. Gosta, sim. Muito."

"Mas você não quer *casar* com ela?"

"Ah, claro. Acho que sim. Se ela mudasse de atitude. Mas duvido que mude. E, de qualquer forma, não estou com pressa de casar com alguém. Tem um monte de coisa que quero fazer antes..." Kenny se interrompe, olhando George com seu sorriso mais malicioso, mais arguto. "Quer saber o que eu acho?"

"O que você acha?"

"Não acredito que o senhor esteja lá muito interessado em saber se vou ou não casar com a Lois. Acho que quer me perguntar outra coisa. Só que não sabe muito bem como vou encarar..."

"O que você acha que eu quero perguntar?"

A conversa está virando um verdadeiro flerte, de ambas as partes. O lençol de Kenny, sob a influência relaxante da conversa e da cerveja, escorregou, deixando à mostra um braço e um ombro e se transformando em um traje grego clássico, as clâmides usadas pelo jovem discípulo — o predileto, sem dúvida — de um filósofo. Neste momento, está absolutamente, perigosamente charmoso.

"O senhor quer saber se a Lois e eu — se nós dormimos juntos."

"E então, dormem?"

Kenny dá uma risada triunfante. "Viu, eu tinha razão!"

"Talvez. Talvez não... Dormem?"

"Já dormimos uma vez."

"Por que só uma vez?"

"Não faz muito tempo. Fomos a um motel. Fica na praia, bem pertinho daqui."

"Foi por isso que você veio pra cá esta noite?"

"Sim — em parte. Estava tentando convencer Lois a ir lá de novo."

"E foi por isso que discutiram?"

"Quem disse que nós discutimos?"

"Você não deixou que ela fosse embora pra casa sozinha?"

"Ah, bom, foi porque... Não, o senhor tem razão — ela não queria — ela detestou o motel da primeira vez, e eu entendo. A portaria e o recepcionista e o registro, toda a merda que eles exigem. E é claro que sabem muitíssimo bem para que você está lá... Isso torna a coisa toda importante demais, e vulgar, como se fosse um pecado ou coisa assim. E o modo como eles te olham! As meninas ligam muito mais pra isso do que nós..."

"Então ela agora pôs um ponto-final?"

"Nossa, não, não é pra tanto! Não é que ela seja contra, sabe? Não por princípio. Na verdade, é claro que ela é — bem, de qualquer modo... Acho que a gente pode se resolver. Vamos ver..."

"Quer dizer, quem sabe vocês não arrumam um lugar que não seja tão público e constrangedor?"

"Ajudaria muito, claro..." Kenny sorri, boceja, se estica. A clâmide escorrega do outro ombro. Ele a puxa até os dois ombros quando se levanta, transformando-a de novo num lençol e ele mesmo no desajeitado rapaz americano do século XX comicamente encalhado sem suas roupas. "Escuta, professor, está ficando tarde à beça. Tenho que ir."

"Para onde, se é que posso perguntar?"

"Ué, pro outro lado da cidade."

"Como?"

"Posso pegar um ônibus, não posso?"

"Eles só começam a rodar daqui a duas horas, no mínimo."

"Mesmo assim..."

"Por que você não fica aqui? Amanhã eu te levo de carro."

"Acho que eu não..."

"Se você começar a perambular pelo bairro no escuro, agora que os bares fecharam, a polícia vai te parar e perguntar o que você está fazendo. E você não está exatamente sóbrio, se me permite dizer. Podem até te levar."

"Sinceramente, professor, eu vou ficar bem."

"Acho que você está fora de si. Mas vamos discutir isso daqui a pouco... Primeiro — sente-se. Tem uma coisa que eu quero te dizer."

Kenny se senta, obediente, sem protestar. Talvez esteja curioso para saber qual será o próximo passo de George.

"Agora escute com muita atenção. Vou fazer uma simples declaração do fato. Dos fatos. Você não precisa tecer comentários. Se quiser, pode decidir que isso não te diz respeito. Está claro?"

"Sim."

"Conheço uma mulher que mora aqui do lado, uma grande amiga minha. Jantamos juntos pelo menos uma vez por semana; em geral, mais do que uma vez. Hoje mesmo jantamos. Agora

— nunca faz diferença pra ela, o dia que eu escolho. Então decidi o seguinte — e, veja bem, isso não tem absolutamente nada a ver com você *necessariamente* — a partir de agora, vou à casa dela pra jantar sempre na mesma noite. *Invariavelmente, na mesma noite.* Hoje, em outras palavras... Essa parte está clara? Não, não responda. Continue me escutando porque já vou chegar ao ponto... Nessas noites, quando eu estiver jantando com minha amiga, *eu nunca, sob nenhuma circunstância*, voltarei para casa antes da meia-noite. Entendeu? Não — escuta! Minha casa nunca fica trancada, porque qualquer um poderia invadi-la, de todo modo, bastaria quebrar o painel da porta de vidro. Lá em cima, no escritório, você deve ter reparado que tem um sofá-cama. Eu sempre deixo o sofá arrumado, com roupa de cama limpa, pro caso de uma vez na vida e outra na morte eu ter um hóspede inesperado — como você esta noite, por exemplo... Não — escute com atenção! Se essa cama fosse usada sem eu estar em casa, e arrumada depois, eu nem ficaria sabendo. E se minha faxineira por acaso percebesse, ela apenas botaria as roupas da cama pra lavar, imaginaria que recebi um convidado e esqueci de falar... Pronto! Tomei uma decisão e quis te contar. Assim como poderia te contar que resolvi regar o jardim em certo dia da semana. Também te forneci alguns dados sobre a casa. Você pode tomar nota disso na memória. Ou esquecer. Só isso..."

George olha nos olhos de Kenny. Kenny sorri de leve. Mas está — sim, só um pouquinho — envergonhado.

"E agora me arrume outra bebida."

"O.k." Kenny se levanta da cadeira com um entusiasmo perceptível, como se contente com essa quebra de tensão. Pega o copo de George e vai à cozinha. George berra: "E ponha mais uma pra você também!".

Kenny enfia a cara na porta, sorridente. "É uma ordem?"

"Não tenha dúvida!"

* * *

"Imagino que você tenha chegado à conclusão de que sou um velho pervertido, não?"

Enquanto Kenny pegava os drinques na cozinha, George se flagrou entrando em uma nova fase. Agora, no instante em que Kenny se senta outra vez, ele está, embora ainda não tenha tido a chance de perceber, na presença de um George transformado; um George imponente, que fala com a voz pastosa mas com clareza, as palavras revestidas de um tom ameaçador. Um George inquisitivo, na cadeira do juiz e talvez prestes a anunciar a sentença. Um George oracular, que talvez em breve comece a falar em línguas.

Não é de modo nenhum similar à embriaguez deles no Starboard Side. Kenny e ele já não estão na relação de diálogo simbólica; essa nova fase da comunicação é em grande medida de pessoa para pessoa. Porém, paradoxalmente, Kenny parece mais distante, não mais próximo; ele recuou para muito além dos limites possíveis de um campo magnético. Aliás, é só de vez em quando que George consegue vê-lo nitidamente, pois uma luz ofuscante inundou a sala e o rosto de Kenny esmorece na claridade. Além disso, há um zumbido alto nos ouvidos de George, tão alto que ele não sabe ao certo se Kenny respondeu ou não à sua pergunta.

"Não precisa falar nada", George diz (e assim lida com ambas as possibilidades), "pois eu assumo — Ah, se sou — claro que eu assumo — eu *sou* um velho pervertido. Noventa e nove por cento dos homens velhos são pervertidos. Isto é, se você quiser usar esse termo. Se insiste nessa tolice. Não estou protestando contra a maneira como você escolhe me chamar ou não. Estou protestando contra uma atitude — e só faço isso pelo seu bem, não pelo meu…

"Olha — de qualquer jeito a situação já está péssima hoje em dia — estamos numa baita confusão, semanticamente e sob todos os outros aspectos — não precisamos nos enredar nessas categorias deprimentes. Quer dizer, para que essa nossa vida deveria servir? É pra gente viver classificando os outros em catálogos, que nem turistas numa galeria de arte? Ou seria pra tentar trocar *algum* tipo de sinal, por mais distorcido que seja, antes que seja tarde demais? Me diga...!

"Para vocês, garotos, tudo bem chegar ao campus e me dizer que sou reservado. Jesus misericordioso — *reservado*! Não lhes ocorre nada melhor? Não têm uma vaga ideia de como devo me sentir — louco pra *falar*?

"Você me perguntou sobre experiências. Então eu te falei. A experiência não tem nenhuma *serventia*. No entanto, sob outro aspecto bem diferente, *talvez* tenha. Se ao menos não fôssemos uns desgraçados de uns bobos puritanos e covardes. Sim, você também, meu filho. E não ouse negar! O que acabei de falar, sobre a cama do escritório — foi um choque pra você. Porque você estava decidido a ficar chocado. Você se recusou terminantemente a entender as minhas razões. Ah, meu Deus, você não *enxerga*? Aquela cama — o que aquela cama *significa* — isso que *é* experiência...!

"Bem, não estou botando a culpa em você. Seria um milagre se você *conseguisse* entender. Deixa pra lá. Esquece. Aqui estou eu. Aqui está você — nessa droga de lençol — por que você não tira isso de uma vez, pelo amor de Deus? O que me fez dizer isso? Imagino que você também vai entender isso errado, né? Bem, se for o caso, não dou a mínima. A questão é — aqui estou eu e aqui está você — e dessa vez não tem ninguém pra nos incomodar. Talvez isso nunca mais volte a acontecer. Falo sério! E o tempo é *desesperadoramente* curto. Tudo bem, vamos pôr as cartas na mesa. Por que você está aqui nesta sala neste momento? *Porque você quer que eu te diga uma coisa!* Essa é a verdadeira razão para você ter cruzado a cidade esta noite. Talvez acreditasse de todo coração que foi pra fazer a Lois dormir com você. Veja bem, não estou falando nem uma palavrinha sequer contra ela. Ela vale ouro, mesmo. Mas você não tem como enganar um velho pervertido; ele não é sentimental quanto ao Amor Juvenil; ele só sabe quanto ele vale — muito, mas não tudo. Não, Kenneth, meu caro — você veio aqui esta noite para ver *a mim*, tenha ou não se dado conta disso. Uma parte de você sabia muito bem que Lois se negaria a voltar àquele motel, e que isso lhe daria um pretexto para mandá-la pra casa e você ficar aqui. Imagino que a pobrezinha esteja se sentindo péssima por isso tudo e esteja chorando no travesseiro. Você tem que ser um doce com ela da próxima vez que se virem…

"Mas estou me desviando. A questão é que você veio me perguntar uma coisa que é importante *mesmo*. Então pra que se envergonhar e negar? Veja, eu te conheço muitíssimo bem. Sei *exatamente* o que você quer. Quer que eu te conte *o que eu sei*…

"Ah, Kenneth, Kenneth, acredite — não existe nada que eu queira mais na vida! Quero *muitíssimo* te contar. Mas não posso. De verdade, não posso. Porque, você não entende? *O que eu sei é o que eu sou*. E isso eu não tenho como te contar. Você tem que descobrir sozinho. Sou feito um livro que você tem que ler. Um livro não se lê para você. Ele não sabe sobre o que ele é. Eu não sei o que sou…

"Você poderia saber o que eu sou. Poderia. Mas não vai se dar a esse trabalho. Vem cá — você é o único garoto que conheci no campus que eu realmente acho que poderia. Por isso tudo isso é tão banal e trágico. Em vez de tentar saber, você comete a banalidade indesculpável de dizer *ele é um velho pervertido*, e transforma esta noite, que poderia ser a mais valiosa e inesquecível da sua jovem vida, num *flerte*! Você não gosta dessa palavra, não é? Mas é o que temos. É a enorme tragédia de tudo hoje em dia. Flerte. Flertar em vez de foder, se você me perdoa a grosseria. Vocês só querem saber de flertar, e usar lençóis amarrados num só ombro, e reclamar de motéis. E perdem a única coisa que realmente poderia — e, Kenneth, não digo por dizer — *mudar completamente a sua vida...*"

Por um instante, o rosto de Kenny se transforma. Kenny dá um sorriso deslumbrante. Então o sorriso se desfaz, é refratado, é assim que se diz?, em um arco-íris de luzes. O arco-íris resplandece. George é cegado por ele. Fecha os olhos. E agora o zumbido nos ouvidos é o bramir do Niágara.

Meia hora — uma hora depois — não muito tempo, de qualquer forma — George pisca e desperta.

Noite, ainda. Escuro. Cálido. Cama. *Estou na cama!* Ele salta, apoiado no cotovelo. Liga o abajur. Sua mão faz isso; braço na manga; manga de pijama. *Estou de pijama!* Por quê? Como?

Onde ele está?

George tropeça para fora da cama, zonzo, meio enjoado, acordado de sobressalto. Pronto para entrar na sala da frente. Não — espere. Aqui está o papel apoiado sob o abajur:

> Achei melhor ir embora, afinal. Gosto de perambular de madrugada. Se os policiais me pegarem, não vou contar onde estive — prometo! Mesmo que me torturem!
> Foi ótima, esta noite. Vamos repetir, que tal? Ou você não acredita em repetir as coisas?
> Não consegui achar um pijama usado, então peguei um limpo na gaveta. Vai ver que você dorme pelado... Mas não quis arriscar. Não podemos deixar que você pegue pneumonia, não é?
> Obrigado por tudo,
> Kenneth.

George se senta na cama ao ler isso. Em seguida, com uma leve impaciência, como um general que acabou de ler um despacho desimportante, ele deixa o papel cair no chão, se levanta, vai ao banheiro, esvazia a bexiga, não olha para o espelho, nem sequer acende a luz, volta à cama, se acomoda, desliga o abajur.

Que sedutor, sua mente diz, mas sem um pingo de ressentimento. Que sorte que ele não ficou.

Mas, deitado de costas no escuro, algo o impede de dormir; uma cócega no sangue e nos nervos da virilha. O álcool coça ali embaixo.

Deitado no escuro, evoca Kenny e Lois no carro deles, faz com que entrem na Camphor Tree Lane, estacionem um pouco antes de chegar à casa — vai que algum vizinho esteja de olho — e eles correm discretamente pela ponte, abrem a porta — ela emperra, Lois ri — esbarram nos móveis da sala de estar — um minúsculo grito de susto japonês — sobem nas pontas dos pés sem acender as luzes...

Não — não vai dar certo. George tenta várias vezes, não consegue fazer Lois subir aquela escada. Sempre que começa, a garota se desmaterializa, por assim dizer. (E agora ele sabe com absoluta certeza que Kenny jamais vai convencê-la a pisar nesta casa.)

Mas, agora que a função começou, George não vai interrompê-la. É preciso substituir o par de Kenny. Então ele transforma Lois num garoto gato, dourado e sexy, o tenista mexicano. Nenhum problema para levar *esse cara* lá para cima! Ele e Kenny estão juntos na sala da frente agora. George escuta um cinto cair no chão. Estão se despindo.

O sangue lateja na virilha de George. A carne se excita e incha, de repente dura e quente. Ele tira o pijama e o joga no chão.

George ouve Kenny sussurrar para o mexicano: *Venha, cara!* Tornando-se invisível, ele entra na sala. Vê os dois prestes a se deitar...

Não. Também não dá certo. George não gosta da atitude de

Kenny. Ele não está levando seu tesão a sério; na verdade, parece estar prestes a cair na risada. Rápido — precisamos de um substituto! Às pressas, George transforma Kenny no louro grande da quadra de tênis. Ah, bem melhor! Perfeito! Agora podem se abraçar. Agora o jogo animal quente e feroz pode começar. George paira sobre eles, assistindo, então começa a entrar e sair de seus corpos contorcidos, ofegantes. Ele é ambos. É os dois ao mesmo tempo. Ah — é tão bom! Ah — ah...!

Seu velho idiota, a mente de George diz. Mas ele não tem vergonha de si. Fala ao corpo agora distendido e suado com paciência e bom humor, como se falasse a um cachorro velho e guloso que acaba de devorar um naco de carne bem maior do que queria. Bem, quem sabe agora você não nos deixa dormir? A mão procura um lenço debaixo do travesseiro e seca a barriga.

Conforme o sono vai chegando, ele se pergunta: vou ficar constrangido ao olhar nos olhos de Kenny na aula de segunda-feira?

Não. Nem um pouco. Mesmo se ele tiver contado a Lois (o que duvido): eu o despi e o deitei, ele estava bêbado feito um gambá. Nesse caso ele também deverá ter contado sobre o mergulho. Você precisava ter visto o professor naquela água — louco que nem uma criança! Não deviam permitir que o senhor saísse sozinho nunca, eu falei pra ele.

George sorri sozinho, plenamente satisfeito consigo mesmo. Sim, eu *sou* louco, ele pensa. Esse é o meu segredo, o meu ponto forte.

E estou para me tornar ainda mais louco, ele anuncia. Podem esperar, todos vocês! Sabem de uma coisa? Vou passar o Natal no México! Não acreditam? Vou fazer as reservas assim que acordar!

Ele adormece, ainda sorridente.

* * *

Afloramentos parciais, depois disso. Vindas à tona que mal rompem a calma laminada da água. A maior parte de George permanece submersa no sono.

Imerso de leve, o cérebro dentro do crânio sobre o travesseiro funciona às escuras, não à sua maneira diurna. É incapaz de tomar decisões. Mas talvez por isso mesmo pode se conscientizar, nesse estado, de certas decisões aparentemente ainda não tomadas. Decisões que são como codicilos assinados e atestados em segredo, guardados num cantinho, à espera do momento de sua execução.

O George diurno talvez até questione o tomador dessas decisões, porém não se permitirá lembrar de suas respostas pela manhã.

E se Kenny se assustou? E se não voltar?

Que ele mantenha distância. George não precisa dele, nem de nenhum daqueles garotos. Não está procurando um filho.

E se Charlotte voltar para a Inglaterra?

Ele pode se virar sem ela, se necessário. Não precisa de uma irmã.

Será que George vai voltar para a Inglaterra?

Não. Vai continuar aqui.

Por causa de Jim?

Não. Jim está no Passado agora. Não tem mais serventia para George.

Mas George se lembra dele tão fielmente.

George se obriga a lembrar. Tem medo de esquecer. Jim é minha vida, ele diz. Mas vai ter de esquecê-lo, se quiser continuar vivendo. Jim é Morte.

Então por que George vai permanecer aqui?

Foi onde ele encontrou Jim. Acredita que vá encontrar outro Jim por aqui. Ele não sabe, mas já começou a procurar.

Por que George acredita que vai encontrá-lo?

Ele só sabe que precisa encontrá-lo. Acredita que encontrará porque tem de encontrar.

Mas George está envelhecendo. Em breve não será tarde demais?

Nunca use essas palavras com George. Ele não escuta. Se negará a escutar. Dane-se o Futuro. Que Kenny e os garotos fiquem com ele. Que Charley fique com o Passado. George se agarra apenas ao Agora. É Agora que precisa achar outro Jim. Agora que precisa amar. Agora que precisa viver...

Enquanto isso, aqui temos este corpo conhecido como o corpo de George, adormecido nesta cama e roncando bem alto. A umidade da maresia afeta os seios nasais; e em todo caso ele ronca ainda mais alto depois de beber. Jim o acordava com um chute e o virava de lado, às vezes saía da cama furioso e ia dormir na sala da frente.

Mas George *está* totalmente aqui?

Subindo a costa, alguns quilômetros ao norte, em um recife de lava sob o despenhadeiro, há uma série de poças entre as rochas. Podem ser visitadas quando a maré vaza. São separadas e diferentes umas das outras, e se a pessoa for extravagante ela pode atribuir nomes a elas — George, Charlotte, Kenny, sra. Strunk, por exemplo. Assim como George e os outros são considerados, por conveniência, entidades individuais, pode-se pensar em uma poça de maré como uma entidade; embora, claro, ela não o seja. As águas de sua consciência — por assim dizer — fervilham de angústias escorraçadas, cobiças travadas, intuições vívidas e certeiras, antigas obstinações arraigadas como crostas nas pedras, segredos desconhecidos que cintilam lá no fundo, organismos multiformes de mau agouro que avançam misteriosamente, quiçá preventivamente, rumo à luz da superfície. Como tal diversidade de criaturas coexiste? Por necessidade. As rochas da poça mantêm seu mundo unido. E, ao longo do dia da vazante, não conhecem nenhum outro.

Mas esse longo dia por fim termina, cede à noite da maré alta. E, assim como as águas do mar chegam inundando, escurecendo as poças, George e os outros adormecidos são submersos pelas águas daquele outro mar: aquela consciência que não é ninguém em especial mas que contém todos e tudo, passado, presente e futuro, e se estende inteira para além das estrelas mais remotas. Sem dúvida podemos supor que, na escuridão da maré mais alta, algumas dessas criaturas das poças se deixam levar para as profundezas. Mas será que com o retorno da vazante elas trazem consigo algum tipo de pesca? Poderiam nos contar, de alguma forma, sobre suas jornadas? Existe, aliás, algo que possam nos contar — a não ser que as águas do mar não são de fato diferentes das águas da poça?

Dentro deste corpo deitado, a grande bomba funciona sem parar, sem necessidade de descanso. Por todo esse veículo que pulsa em silêncio, a tripulação do esqueleto faz pequenos ajustes. Quanto ao que vai no convés, não sabem de nada além dos sinais de perigo, em geral alarmes falsos: luzes vermelhas que o tronco cerebral dispara assustadiço, sumariamente desmentidas pelos sinais verdes do córtex sensato. Mas agora os controles estão no automático. O córtex está cochilando; o tronco cerebral registra apenas um pesadelo ocasional. Tudo parece regulado para um funcionamento de rotina, daqui até a próxima manhã. As probabilidades se contrapõem enormemente a qualquer tipo de acidente. A garantia de segurança dessa embarcação é extraordinária.

Mas vamos supor, entretanto...

Vamos considerar o instante específico, anos atrás, em que George entrou no Starboard Side e pela primeira vez viu Jim, que ainda servia e estava indescritivelmente estonteante em sua farda da Marinha. Vamos então supor que, naquele mesmo instante, bem no fundo de uma das maiores ramificações da artéria coronária de George, um processo imperceptivelmente gradual tenha começado. De algum modo — nenhum médico poderia nos dizer exatamente o porquê — o revestimento interno começa a se encrespar. E, um a um, na superfície agora encrespada do endotélio, íons de cálcio transportados pela corrente sanguínea começam a ser depositados... Assim, aos poucos, discreta e invisível, sem que os traquejados vigilantes do cérebro percebam o menor indício, uma situação quase indecentemente melodramática se produz: a formação da placa de ateroma.

Vamos supor só isso. (O corpo na cama ainda ronca.) Essa coisa é muitíssimo improvável. Dá para apostar milhares de dólares contra esse acontecimento, nesta noite ou em qualquer outra. E no entanto *poderia*, bem possivelmente, estar prestes a acontecer — nos próximos cinco minutos.

Muito bem — vamos supor que a noite seja esta, e a hora, e o minuto marcado.

Agora...

O corpo na cama se agita um pouco, talvez; mas não grita, não desperta. Não exibe nenhum sinal visível do choque instantâneo, aniquilador. Córtex e tronco cerebral são assassinados na escuridão com a rapidez de um estrangulador tugue. Sem oxigênio, o coração se aperta e para. Os pulmões morrem, a linha de transmissão de força é cortada. Por todo o corpo, as artérias se contraem. Caso esse bloqueio não fosse absoluto, caso a oclusão tivesse ocorrido em uma das ramificações menores da artéria, a tripulação do esqueleto poderia ter lidado com a situação: são capazes de realizar milagres. Se desse tempo, poderiam ter montado passagens secundárias, canalizado novas comunicações paralelas, vedando a área danificada com uma cicatriz. Mas não dá tempo. Morrem em seus postos, sem aviso prévio.

Durante alguns minutos, talvez, a vida permanece nos tecidos de certas regiões mais externas do corpo. Depois, uma a uma, as luzes se apagam e há um negrume absoluto. E se alguma parte da não entidade que chamávamos de George de fato esteve ausente nesse momento de choque terminal, distante nas águas profundas, então ela voltará e se verá desabrigada. Pois já não poderá mais se associar ao que jaz aqui, sem roncar, na cama. Isto agora se assemelha mais ao recipiente do lixo da porta dos fundos. Ambos terão de ser levados embora e descartados, e logo.

ESTA OBRA FOI COMPOSTA EM ELECTRA PELO ACQUA ESTÚDIO E IMPRESSA
PELA GRÁFICA PAYM EM OFSETE SOBRE PAPEL PÓLEN SOFT DA SUZANO S.A.
PARA A EDITORA SCHWARCZ EM SETEMBRO DE 2021

FSC
www.fsc.org
MISTO
Papel produzido a partir de fontes responsáveis
FSC® C133282

A marca FSC® é a garantia de que a madeira utilizada na fabricação do papel deste livro provém de florestas que foram gerenciadas de maneira ambientalmente correta, socialmente justa e economicamente viável, além de outras fontes de origem controlada.